岛上

任晓雯

著

北京出版集团
北京十月文艺出版社

目录

明太太的眼睛特别深，黄昏的暗色下，镜片不再反光，瞳仁就映出锈迹斑斑的天。我盯着那对漂亮眼睛出神，心想：这是明太太吗？

这是她的声音，正读着一本书。在字和字的间隙，她停顿了太长的空白，每个句子都似乎没被念完整。明先生听得一脸耐心，鼻翼的开合节奏适中，像要配合住字句里的抑扬。一只可乐瓶盖那么大的沙蟹从脚背上窜过去，他微抖了一下指头。

身边的人正三三两两离去。一个精瘦的老头，腆着不相称的大肚子，胳膊上挽着个紫发少女。一对穿黑T恤的中年夫妇，高矮胖瘦差不多，五官也彼此相像。还有另一些人，拎着躺椅、水瓶、毛巾垫被、折叠遮阳伞，陆陆续续走远了。

"谁在那儿？"明先生突然问。

我吓了一跳，明太太顿了顿，继续念书。

"没听见吗？我问谁在那儿？"明先生神情紧张，将手拢在眉骨上远眺。

明太太变了脸色，手里的书一扔。

"啊——"我大叫。

"嚷嚷什么！"明先生目光严厉，停到我脸上时，却立刻变得柔和。

"哼，眉来眼去的！"明太太瞪着我，"方蓁岷，你是不是偷了我老公？"

我一惊，搭在膝盖上的指甲顿时煞白。

"勾搭很久了吧，别以为我不知道。"

我慌里慌张地看明先生，他却别过头，给了我一个冷冰冰的后脑勺。

"哈哈，逗你玩呢。"明太太放肆地笑。

她今天嘴唇特别红，睫毛分外长，笑容也相当妩媚，一飘一飘的眼神被风吹散，就黏到男人的心坎里去。这不是明太太，平日她的目光老在厚玻璃镜片里躲闪，像两坨放久了的劣质胶水。

明先生将一本厚书递给我。书皮像失血的面孔，正中几个大黑字认得偏旁，组合在一起又感觉陌生。翻起第一页，纸面空白，再翻，还是空白。我手心里有了冷汗。明先生不再有耐心地笑，毫不掩饰他的烦躁，指关节在膝盖上轻磕着，眼神一碰到我的脸，就迅速跳开。

黑颜色从地平线上浩浩荡荡地升起来，把暗红的天和黛绿的海一块一块吞噬进去。

"给我书干什么？"

"你说呢？"明先生的大半个脑袋孵在阴影里。

"为什么要我念？我不想念。"

"哈哈，不想念就不念，干吗这么生气？"明太太又笑，"说啊，方蓁岷，你是不是恨我。"

"是的，我恨死你啦！"

"哈哈呵呵哼哼——"明太太笑个不停，但声音越来越冷，"那你杀了我吧。"

嘭的一下，枪就响了。明太太应声而倒，双手仍死死捧住刚才朗读的书。我捡起那副飞到脚边的眼镜，架在鼻梁上。透过镜片看，明太太又恢复成令人生厌的模样。

"蓁蓁，你把她杀了！"明先生斥责道。

"没有，不是，"我举起双臂，随手勾掉眼镜，"我哪有枪？"

明先生指了指，我摘眼镜的右手居然真的握着一把枪。

"不是我干的。"枪粘得牢牢的，怎么也甩不掉。

"就是你。"明先生逼过来，冰冷的呼吸在镜片上喷出薄雾。

我站起身撒腿就跑，早已散去的人群又包围过来。

"抓住她——"明先生扯起嗓子。

黑T恤夫妇紧跟在我身后，步子划一，嘴里不约而同地发出怪声；老头和小女孩从斜对面包抄过来，女孩像件大衣似的挂在他臂弯里。明太太的血如沙蟹般爬行神速，一下漫过脚踝。

跌倒的瞬间，我瞥见身边有一个大沙洞，急忙跳进去。黑色的天完全匍匐到地面，像上眼皮搭住了下眼皮。

有人在头顶哭，烟雾钻进鼻孔和眼洞。我顺着黑暗拼命跑。

"小燕子，穿花衣……"

一个尖嗓子从很远的地方刺穿过来，我循声而去。甬道慢慢透出亮光。

"她醒了。"这句话从歌声的末梢挤进耳朵。说话人故意压低嗓门，音调像在唱歌。

"医生，帮忙倒点水。"脚步声轻下去，又响起来，有人托起我的头，水从嘴唇缝里渗进来。

"医生，你去工作吧，有我陪着呢。"脚步声顿了顿，远去了。门链发出金属纠葛的声音，锈了的铁末落在地上，极微小的窸窸窣窣。

我睁开眼，这个过程费力又漫长。看到一点，再看到一点，温和的光线将视野撩开。

第一章

1

美佳是我在孤岛上认识的第一个人。据她介绍，本来东北面还有一个姊妹岛，后来渐渐和陆地连在了一起。站在孤岛北侧的屋后，或者爬上东面的小土丘，都能看见陆地影影绰绰的形状。但没人敢攀爬小土丘，因为它的另一边，就是被称作"禁林"的地方。

"禁林你千万别去，最好想都不要想。那里有电网，会电死你的。"

美佳有一张幅员辽阔的脸，说话时爱笑，嘴往上一翻，颧骨就凸了起来。在我昏迷的两个多月中，美佳一直照顾我。她说她是我的同屋，也是岛上的后勤总管。

美佳讲这些话时，我刚从杀人的噩梦中跑出来，先看到光，接着听见美佳的声音，最后才意识到，自己正躺在一张暖烘烘的床上。

"包，包……"我醒后的第一句话，声音有些虚弱。

"包？"美佳慌里慌张地找，"啊，在这里！"

她把包从床脚拎起来，拍掉点灰，端端正正地放到我枕头边。我探出手，摸了摸，放心了。

阳光很好，风从木窗子钉着的几块花布间蹭进来。我躺在一间不大的屋子里，正中并排两张床，床边的板凳上摆着瓶瓶罐罐和一根表面磨花了的体温计。床单是一块粗糙的白麻布，枕头有点奇形怪状，掉了线脚的枕套边，裸出脏兮兮的棉絮，侧卧时脸被弄得痒痒的。

美佳坐在床边，握着我的手，嗲声嗲气道："还记得和你同车来的小男孩波波吗？他今天能下床走动啦，你也很快会好的。波波好可怜噢，他妈妈翻车的时候扑到他身上，儿子被保护下来，妈妈却死了。告诉我，你们怎么会在半路翻车的？是撞到树上去了，还是滑进沟里面了……"

我没多听她啰唆，却注意起她的衣服：简直是只麻布口袋，开了几个洞，分别让脖子和胳膊伸出来活动。

"……只逃出来三个人，噢，不，四个，还有阿乌，他把你背了回来。他也受伤了，不过他好壮耶，硬是救了三个人。阿乌是哑巴，他也说不出车是怎么翻的。血，都是血啊……"

我又留意她长满疙瘩的大方脸，眉毛粗似杂草，鼻孔一个大成俩，眼睛倒还端正，但偏要憋出很多矫揉造作的温情。见我在观察她，她嘴不停，面孔笑得更厉害，一粒带咸湿气的唾沫星子溅到我脸上。

"……好可怜噢，波波全身上下的皮肤都烂了，太惨了，太惨了。现在好了，结痂了，整天在那里喊痒……哎呀不说他了，你怎么样？让我看看还有没有烧？"

她把额头不容分说地压到我脸上："好像没有烧了耶，不过还是要给你量量的。别动，小心手上的管子，你在吊盐水呢，小傻瓜。"

湿乎乎的手，摸得我汗毛倒竖。

"我想休息。"

"什么？"

"我想休息。"我冷冷地重复道。

她好像花了好几秒，才弄明白我的意思。热情受了点小挫折，不过很快恢复过来："好吧好吧，你要我走开吗？"

2

我从带血的藏腰刀上确信了这件事情。

刀身长十几厘米，牛角刀柄上缠着银丝，顶端箍着铁皮，刀鞘上一朵古铜色的雪莲花。精钢锻成的刀刃有些发黑，鲜血凝固的颜色。

他死了吗？一定是的。车子爆炸时，他身上没有遮挡物，即使未被炸成肉酱，挨了一刀也够呛，哪怕刀伤不致命，也只好在荒山野岭里等死——那个叫什么阿乌的，根本不可能有力气背他回来。

我松了口气，将藏刀重新放好。包里还有一本书，这两样都是不离身的宝贝。刀是段仔的礼物，书是明先生的纪念品。这只贴身小包是青山医院的护士长发的，我管它叫"小青"，在医院时整天挂在胸前，段仔笑我是"袋鼠"。后来他们把我从医院绑出来，塞进那个又小又闷的车厢，我仍然和"小青"形影不离。现在死里逃生，到了这个孤零零的岛上，"小青"就和我躺在一起，安静地保护我的宝贝。

它蒙了一层垢，显得破旧了，身上满是红的血斑黑的泥印和树枝类硬物剐蹭出的毛痕。但包肚子上的楷体大字依稀可辨——青山。

这两个字是从医院的门匾上直接拓下来的，书写者的腕力不到家，"山"中间的一竖颤巍巍地发着抖。但护士长说它们写得好。"青山精神医疗保健中心"，烫金大字悬在门口，亮堂堂地扎眼。有次她无意中提起，这是某位市领导的亲笔题字。妈妈说，小医院合适，有人情味，又便于管理。她还说，其实市里很重视小医院，配给的设备药品比大医院还好。"小青"是刚进院时发的，还有毛巾、牙刷和一只搪瓷碗。护士给我理了发，换了病服，领我进房间。

"小青"的拉链在离开医院时就坏了，背带大概是翻车时炸断的，又被缝起来，线脚颇为粗糙。我抖了抖包肚子，除了两样宝贝，还掉出一面小镜子和稀稀落落的面包屑。镜面碎了又被一片一片粘好，我想象美佳粗大的手指覆在窄小的镜面上。这个多管闲事的家伙。

3

书皮破得不成样子，里面却完好无损。拆掉书皮，露出朴素的白封面。翻开，扉页上的一句话被加了着重线。

我想象明先生坐在书桌前，捏着墨绿的木头铅笔，从书页上淡淡地扫过去。他的脸很端庄，戴着金丝边眼镜，镜脚被略微凌乱的头发遮住。书桌是橡木的，雕着花，左手边一个热杯底留下的圆形烫印。他看书写作要戴袖套，后来用了电脑，打字时还戴袖套。不打字时，他就抽烟，一根接一根，香烟的味道，我也喜欢，绒线衣袖上总沾着很重的烟味，拉起他的袖子闻，他就用指节轻叩我的后脑勺。

明先生，你亲我。

明先生就亲我，嘴湿湿的，印在脸上像沾过水的棉花。

明先生，把眼镜摘掉，我看不清你。

他反而把眼镜扶正，傻瓜，不戴眼镜怎么看书。

书？我讨厌书。明先生把书送给我，说是法国人写的，翻译成了英文。现在他搞到了法文原版，就把英文译本送给我。不管英文法文爪哇文，我读不懂也不爱读。但这是明先生送的，不喜欢也得喜欢。

明先生教导我要多读书。我要多读书，不然明先生就不爱我了。他和明太太都是博士，在同一个系任教。他们讨论问题时，将冗长拗口的词汇抛来抛去，仿佛撇下我，进入了另一个富饶高深的世界。明太太肯定意识到我被拒之于外的苦恼，她会突然停下来，征询我的意见。我就在她幸灾乐祸的镜片反光中，看到自己被夸大了的窘迫。

在医院半年，我每天的必修功课之一，就是强迫自己盯住书里一页页的字母。我从没上过学，只在养病的间隙，向家教老师学了些皮毛。现在我只能瞎猜，外加胡乱联想。有时候以为弄通了一句话，兴奋地用指甲在下面掐一道痕，可过了半天回头去看，又不能确定。于是我生起气来，大叫大嚷，把被子撕破，将搪瓷碗摔到地上。

我真是笨死了，就是因为我的笨，明先生才离我那么远。

4

　　"姐，你不笨，你聪明着呢。"段仔总会劝我，他说我只是有些走火入魔。

　　段仔是我在青山结交的唯一一个朋友，我自称是他姐，他也就亲亲热热地喊我"方姐姐"。段仔的父母双双下岗，家里温饱都没解决，也就管不了他。他整天和一帮哥们儿在外面混。他们爱学港剧，互称什么"仔"什么"哥"，于是他就成了"段仔"。

　　段仔用偷自行车的钱染了黄头发，因为不肯出卖"大哥"，被送进工读学校。出来以后他又鬼混，在工读学校进出了几次。由于未满十八岁，不能进监狱，父母没办法，就把他送到精神病院来。

　　"我知道他们恨我，巴不得我死掉。他们自己都养不活，为什么要生我出来？不是不负责任吗？看着吧，我会活得好好的。"段仔说起父母就咬牙切齿，我们迅速有了共同语言。

　　段仔说："你妈有钱有气质，你为什么恨她？"

　　妈妈只来医院看过我一次，段仔正好在门口碰到。他问我那个"又漂亮又高贵"的女人是谁。我怒喝一声，给了他几爆栗。

　　段仔说，他最大的心愿是长大后当警察，因为"新的警服很好看"。

　　于是我说："你当了警察，要为方姐姐的爸爸报仇啊。"

　　关于爸爸的死，我印象模糊。妈妈说，我记不清事情是因为病了，吃了药就会好起来。我不信，妈妈才是我最大的病。这个坏女人，爸爸一定是她害死的，现在她又想来害我，这不，天天喂我毒药吃。

阿婆说，我是从外公死后开始吃药的，那时我还小，她把药片用水化在小匙里，加几粒砂糖骗我吃下去。世界上只有阿婆疼我，但阿婆也得听妈妈的。

段仔不信我妈这么歹毒，又怕我大呼小叫，就安慰道："方姐姐，你妈妈是个大坏蛋，如果我当了警察，就把她抓起来。"

不久段仔被一个远房阿姨接走，之后来探望过我一次，说真的要去当警察了。

"姐，我正准备考警校呢。"他不好意思地低着头。

"有出息。"

"好玩儿，混混呗。"

"段仔，我们这辈子见不着了吧。"

"姐，说什么呀。我可以来看你，或者你出来看我。"

"恐怕那时候，我们就不是一个世界的人了。"

"怎么会？"段仔笑了，"除非你这个富家小姐不想见我。"

我喜欢段仔笑，好像有十个大太阳从笑靥里升起来。段仔找了张纸，把他阿姨的地址抄给我。

"以后我们一定会见的。"

他送我一把藏刀，说是以前"大哥"赠的，他相信会给我带来好运。自那以后，这把刀再没离开过我。

5

段仔走后不久，"青山"越发衰落。隔壁一个新来的疯女人整天大叫大嚷，一有机会就拿东西往别人或者自己身上捅。他们将她的手脚套住，用钢链将脚镣和手铐穿在一起，固定在走廊尽头的一根杆子上。她不知哪里弄来一片碎玻璃，把手腕割开了。第一个发现满墙满地血迹的，是一名卫校实习生，小姑娘当即吓昏，醒来后，人也有些疯傻，后来自己进了精神病院。

这件事后，不少病人被家属转移出去。终于有一天，运营维艰的"青山"变成地区医院的门诊分部，金灿灿的大门匾被摘下来，留下我们拉拉杂杂几号人，锁在各自房里不准出来。每天，我都听见门外走廊上有人走来走去，小孩哭，老人咳嗽，还有男男女女被病痛折磨出的呻吟，像来自很远的地方。

被关起来后，早晚都得打针，脑袋涨得不行，然后没完没了地睡觉。我看见一些人在天花板上，认识的、不认识的，还有床边、屋角，挤满各种透明的线条，似水母的触角那样动呀动。我知道那不是真的，但并不意味着我在做梦。我能感觉我的手，我的胳膊，我正仰面躺在床上呢。护士小姐刚打过针，早餐吃稀饭榨菜，加两撮过期的肉松，有股酸苦味。

我高高兴兴地看着天花板上的人们，他们像在赶集，又似在露天大剧院里表演，有时停下来搭话，有时自顾自走开。我的眼睛努力寻找明先生。他还是老样子，忽而亲切，忽而淡漠。明先生，明先生在哪里呢？他为什么不来看我？我在这里，也全是因为他。但我不怨他，他是神，神是不会犯错误的，只有像我这样的凡人才不完美。

我正胡思乱想着，突然就被入侵者们打断了。那天护士打完针后，进来两个粗壮男人，不由分说，就把以前对付疯女人的钢链铁索套在我身上。我惊叫起来，用指甲抓他们，用脚踢他们。但他们多有力啊，筋疲力尽后，我被猴子似的锁在床头。

没过多久，所有的灯被打开了。我用手护了护眼睛。铁锁清脆地咔嗒一声，门大开，很多张新鲜面孔，夹杂着叽叽喳喳的声音涌进来。

一个女人在说话："小朋友们静一静。今天我们看到的，是最后一个精神病人。大家轻声说话，不要离得太近，更不许惊动她。"

小朋友们噘起嘴，把食指放在唇边，发出"嘘"的声音。几个孩子推来搡去，阿姨走过去将他们分开。

一片交头接耳声中，有个小男孩用清亮的嗓音问："老师，我们说的话她听得懂吗？"

另一个女孩立刻更大声道："老师，她生下来就有病吗？"

提问声顿时此起彼伏。

"老师，她是不是从来不洗澡？"

"老师，她爸爸妈妈怎么不管她？"

"老师……"

"老师……"

我低下头，长发盖住了脸。身上的衣服多脏啊，虱子、跳蚤、黑乎乎的污垢。我突然羞愧了，扭着身子想摆脱束缚。铁镣"丁零当啷"响。

这时，不知哪个调皮蛋扔过来一块橡皮头，正砸在我脑门上。我尖叫起来。我能这么一直叫下去，直至整座房屋轰然倒塌。

小学生们呆住了，但只一瞬，他们制造出一堆更杂乱的声音。两个女孩蹲在地上没力气动了，身边的人互相踩着推着夺门而出，也有几名胆大的男生，反而围过来看个究竟。

老师大声喊："同学们快走，疯子发疯了！"

"疯子发疯了——"一个小女孩叫。

"疯子发疯了——"有人跟着嚷。

"疯子发疯了——"

………………

很多稚气的声音在屋内、在屋外、在远处、在近处，整个世界燃烧起来。

"疯子发疯了，疯子发疯了——"

火光里，天花板像蜡那样地熔化，上面走着的人纷纷掉下来：明先生、疯女人、段仔、阿婆……只有妈妈悬浮在半空，大嘴巴能吞下几十个人："哈哈，你终于疯了，终于疯了……"

"我没疯！"

我大叫，却听不见自己的声音。所有东西都被淹没了，只留我独自在这儿。人们跑出去了，屋子暗下来。我不能看、不能听、不能呼吸，除了身上毒蛇样的链子，一切遥不可及。

一只粗壮的手撩起我满是针眼的胳膊，把冰凉的注射器顶过来。

更多双手横七竖八地抓住我。

我没疯，我要出去。我没疯，我要出去……

一副大眼镜凑得很近："把她搬到床上去，当心，手铐别解开。"

"为什么让那些人来看我？"我努力维持住最后一口气。

"什么人？根本没有人！"大眼镜冷笑一声，"这里除了我们，谁都不会来。"

"小孩子，那些小孩子呢。"

"什么小孩子，又是幻觉。"

大眼镜转过身，对旁边的护士长说着什么。护士长"哗哗"地翻记录本。

"状态不稳定。"大眼镜说。

"尤其这两个月，越来越严重。"护士长把记录本啪地合上。

"家属呢？"

"联系过了，说是同意让我们处置。"

"那我们可以把她送走喽？"

我还想争辩，但眼皮耷拉下来了，手臂很沉，大腿发麻。

重新醒来时，我的上身已被他们缠了个严实，腰里圈了一根麻绳，一头绑在床边，护士长正在将它解开。

大眼镜见我睁开眼，龇牙咧嘴地一笑："你解脱了，他们会带你去一个更适合疯子待的地方。"

随后他们把我扔进车厢。

第二章

6

我拍掉"小青"身上的灰尘，把它放回枕边，捋平褶皱。重新躺下时，窗外有人摇手铃，随之响起一片嘈杂的说笑声。美佳的大嗓门混在当中，飞快地讲了句什么话，声线在最末一个语气词上扬得老高。

各种响动渐渐往一个方向集中，再渐渐轻下去。一个男人清清嗓子，不紧不慢道："所有人，报一下数——"

"一""二""三"……

一个慢条斯理的男声念完"五"，停顿片刻，才有人有气无力地接上："七"。

念到"十一"时，我认出了这个声音。一个大舌头的男孩子费力地咬着字："舍（十）……舍……一。"

最先的男人不满意道："念清楚点，再清楚点，白痴。"

于是男孩带着哭腔："舍……舍、舍一。"越想念准，就越念不准，还被短促的抽泣越来越频繁地打断。

令人绝望的尝试终于被命令停止："行了行了，别念了，解散吧。"

俄顷，声音又喧闹着往各个方向散开，听觉里留下一大片空荡荡的安静。

我翻了个身。天真的有些暗了，白惨惨的四壁被黑色一笼，空气泛出半透明的黏稠。我又把身子翻回来，四肢在床上放平稳。这个莫名其妙的岛，就是护士长他们说的"更适合疯子待的地方"吧。可我是正常人，他们有什么权力这样对我？

我越想越愤怒，身体没力气多动，眼睛骨碌碌地四处乱转。总有一天我会出去的，我该在明先生温暖明亮的书房里呢。正当脑海中慢慢浮现书房的样子，我突然看见了屋角上的摄像头。

起先以为是错觉，定神再瞧，是的，那是一只摄像头，以前青山医院的观察室里也有，我们管它叫"苍蝇眼"。我警觉地扫视了一遍，在天花板的对角上又发现一只。这对"苍蝇眼"将整个屋子都罩进了视野。我下意识地整整衣服，把裸着的手脚藏进被子。

7

"告诉我，美佳，为什么要在屋子里装摄像头？"

我不喜欢美佳，但她端来的饭菜让我很难拒绝。

热腾腾的油烟气一熏，饥饿像虫子似的，从喉咙里爬了出来。我狼吞虎咽。美佳的手艺不太好，但对于此刻的我，几根青菜一块豆腐已是美味。美佳还煎了条鱼，据说鱼是特意为我抓的，用来补身体，美佳放了很多油。她乐呵呵地看着我吃，不时捡起掉在床边的饭粒放进自己嘴里。吃完我还觉得饿，她翻箱倒柜，没找到任何储存的零食，又出去借，也空手而归，急得眼泪都快出来了。

"可以了，饱了，很好吃，"我被她的殷勤弄得有点难为情，"嗯，你叫……"

"忘啦？我叫美佳。"她有点受宠若惊地笑。

"噢，美佳，岛上还有什么人？干吗把我们弄来？这岛又是在哪儿？"

"你慢点问，我回答不过来，"她收拾碗筷的手脚停了下来，抬头看看屋角的摄像头，"岛上十来号人，有的坐车来，有的坐船来。我是坐一辆黑咕隆咚的货运车，同车的有医生、大西北和阿发夫妇。阿发爱种地，医生在你昏迷时帮了大忙，大西北是个讨厌的家伙……"

我皱了皱眉头，她注意到我的反应："哎呀扯远了，我的意思是，我们都是被人管的，管我们的人叫'干部'。"

"这么说，干部是岛的主人？"

"岛的主人叫康船长，我们从没见过他。据说他住在树林里，"美佳朝窗外努努嘴，"就是那个'禁林'，只有干部和老余头能进去。老余头是负责往岛上送食物的。"

"这个康船长，干吗把我们弄到孤岛上来？"

美佳叹了口气："他想让我们待在这儿，我们就待在这儿。"

"什么意思？"

"最好别问这么多，康船长啊，干部啊，他们说什么，我们做什么。"

"你这人多奇怪，干吗只听别人的？"

"别生气，别生气，"她慌乱起来，"好吧，我告诉你，康船长很有钱，这是干部无意中透露的。富人闲极无聊，就拿我们穷人寻开心，"美佳的嘴巴已经离远了，又凑近来叮嘱，"千万别多嘴，不然会有麻烦的。"

"听你说了半天，我还是不知道康船长想干什么。"

"也许他自己也不知道呢。每个人都会做些莫名其妙的事。"

"恐怕没这么简单，如果他闷得慌，可以去泡妞、赌钱，或者打高尔夫球。"

"你不该想得太多，知道答案又有什么用，"她的眼神和思路一样混乱，"拿我自己来说吧，以前在医院做清洁工时，整天东想西想，觉得连阿发、大西北这样的病人都瞧不起我。事实上是想得太多，才会浑身不对劲。当然，如果没有那些想法，我也不是今天的我了……"

"行了，别再跑题了，看来从你这儿什么都问不到！"

"对不起，我不是有意隐瞒，"美佳露出一脸急于补偿的羞愧，轻声道，"屋里有监视，明天找个机会，再慢慢告诉你。"

8

第二天中午醒来，我腰酸背痛，美佳说，这表明身体的机能逐渐恢复了。她早早地烧好饭，在床边守候到我醒。她喂我的仍是青菜豆腐，外加一条鱼。她把鱼用勺子碾开，一口一口地喂给我，每一勺鱼肉里都搭配些饭菜。鱼烤煳了，我边吃边抱怨。美佳把焦的部分挑出来，拢在一起，等我吃完，她就把焦鱼末子一股脑吞下去。她告诉我，我刚把小命捡回来，所以才有吃鱼的奢侈待遇。

"以后你得和我们一起嚼青菜了。还有，干部让你醒后和我们一起去干活。"

我不情愿地努努嘴，嘴里的油味都是焦的。美佳帮我下床。她的动作非常专业，先小心地拔掉手臂上的输液管，再用手掌和指肚轻揉四肢，帮助恢复萎缩了的肌肉。我发现自己也裹着一只麻布袋，高高凸起的肘关节裸露在外，被美佳的大手一捏，就在松散的皮肤下面滑来滑去。

美佳领我去工作棚，边扶着我慢慢走，边指点岛上的地形。这是个橄榄状的岛屿，岛中央一大块平地，往东是小山丘，往西是低洼地。岛的南北两侧各有一排屋子，南屋明显比北屋来得齐整。我和美佳的住处在北面，像一溜火柴盒中的一盒，方方正正，一门一窗，门上拉根橡皮筋，算是插销，窗户钉些五颜六色的布，权作窗帘。有几户屋顶漏出大洞，就胡乱填塞了几根木条。

"住在南面的是干部、阿乌、赛先生和赛太太。另外几间是仓库、会议室、勤杂室。"

"为什么他们的房子比我们的好？"

"因为干部是管我们的人，阿乌是帮着干部管我们的人，至于赛先生、赛太太嘛……"美佳搔搔脑袋，"因为他们是1号。"

"1号？什么是1号？"

"每个人都有号，比如我是10号，你是6号。这些号是干部编的，但1号是我们自己选的。干部说，我们得有一个头领。当头领的人可以发到一把枪，神气极啦。"

"枪？"

"对啊，枪。干部说，如果表现好，别人就会选你当1号，当了1号就能比别人舒服自在。所以我们得表现好，那样才能舒服自在。"

"那个赛先生，表现很好吗？"

"据说他以前是当官的，犯了事被抓进去，又从牢里直接送到这个岛上。我们以为做官的擅长处理问题，就选了他。没料到当了1号后，他们两口子马上变了态度，傲慢得不得了。"

美佳摇了摇头，不愿多谈此事。过了一会儿，她突然指着前方说："这是岛旗，我们每天在这里集合点名。早晨劳动前点一次，傍晚劳动后点一次，晚上例会前再点一次。"

我顺着望去。所谓岛旗，其实是一块灰蒙蒙的麻布，边缘像被牙齿啃过了。它飘在一根破木杆上，木杆下面一个大底座。

"我昨天听到铃声，还有乱糟糟的报数声。"

"是啊，干部就站在这儿，"美佳指了指旗杆，"他很凶。"

我们绕过岛旗，来到工作棚。工作棚在中央平地的东边，是个临时搭建的木板房，屋顶朝一边倾斜，一侧的木条短小紧密；另一侧上，留了疏松宽大的豁口。透过豁口能看见棚子里的人，他们佝偻着背，几乎一动不动。

9

这些人全都穿着和我一样的衣服，十来只麻袋围坐成一圈，面无表情地干着活。美佳拣了块空地，招手让我坐下。

对面一个女人冷漠而飞快地瞥了我们一眼。美佳在我耳朵边轻声说："这就是赛太太。"

我偷偷一瞧，她正翘着小手指，把一根线拉得老高。这是一只养尊处优的手，与周围的一切格格不入。她旁边微胖的中年男人想必就是赛先生。他俩的衣服洗得很干净，缝制也精细，腰身的地方还略微做过裁剪。

赛先生发现我在注意他，矜持地点点头。他们真是般配的一对，连看人的表情也相似，都那么半抬起头，从眼皮底下挤出点目光，再忽地把目光扬到对方的头顶上去。

赛先生旁边坐着一对老夫妇，面孔黑瘦，衣服上不断地掉干泥巴。一个正在帮另一个穿线，另一个不满地嘀咕，四只满是厚茧子的手，颠来倒去地折腾那根小小的银针。我猜他们是阿发和发婆，他们是这圈人中唯一的农民，美佳提到过阿发喜欢种地。

发婆旁边是个瘦长脸的中年人，五官无精打采地耷拉着。后来才知道，他叫老金，"文革"中当过木匠，我床边的凳子就是他做的。据说老金手脚不干净，因为偷了厂长姘头的东西坐了牢。

"其实，那袋子里只有两包卫生巾和一百块钱。"熟悉了以后，我常听老金这么说。

但那姘头很得宠，厂长路道又粗，老金给判了五年刑，在三年半的时候，被人从监狱送到了岛上。

在我悄悄观察别人时，有个男人不停朝我看。见我回视他，他就讨好地笑。这是美佳常提及的医生，我注意到他鼻梁两侧各有一个小小的凹塘，表明他是个正在适应裸视的近视眼。

这些古怪的人引不起我的好感，但我最不喜欢的，就数坐在旁边的小姑娘，美佳介绍说，她叫渔女。渔女发育良好的胸脯被麻布衣一兜，乳头的形状就饱满地显出来。她边干活边念念有词，不时停下针线自顾自地笑。她笑得很好看，长睫毛忽闪忽闪，一深一浅两个酒窝就浮了出来。

渔女笑的时候，对面一个小男孩也跟着笑。他的大脑袋顶在细脖子上，眼睛下斜且离得过远，扁平的鼻子旁，旧鼻涕已凝固，新的正亮晶晶地拖下来，几条纵横交错的伤疤开始长出新肉。他就是波波，和我同车的幸存者。

"我、我照（叫）……我……波、波波……"他比画着双手，试图做自我介绍。

他的那双手，中指、无名指和小指头长成一片"鸭蹼"，并且还多出几根，软软地挤在掌侧。众人的目光使他紧张起来，吐出一个字，面颊就抽搐一下。他终于完整地报出名字，大伙松了一口气，继续埋头工作。我朝他颔了颔首。

美佳又和我耳语，说大西北不在这儿，因为思想问题，被干部罚到仓库里抄书。

"大西北是个迫害狂，老怀疑CIA在跟踪他。"

抄书算轻量级的惩罚，最吓人的是治疗室。美佳正想进一步解释，赛太太又恶狠狠地瞥来一眼。美佳吐了吐舌头，赶紧教我干活。

她给了我一只小盒子，里面盛了针、黑线、小剪刀、彩色布片和一粒粒的小珠子。美佳示范，把布片做成花形，将有机玻璃珠缝在正中。

"我们做的布花，会送到一家成衣厂，缝在连衣裙上。很难看是吧？我怀疑这样的衣服有谁买。"成品在手里摆弄了几下，就被扔进正中的一只纸箱子。角落里已经堆了几满箱，毛糙糙的布花从破了的角上露出来。

美佳告诉我，管它好看难看，只要依样画葫芦就行："记住，在这儿最重要的是听话。"

10

缝制布花看似不累，其实会耗费相当的体力。地面又硬又凉，还泛出湿气，坐着很不舒服，再加盘腿的姿势前后不着靠，一会儿就腰酸背痛、颈椎发麻了。我放下手里的东西，把左腿搬下去，右腿盘上来，刚想进一步调整，一个高大的人影出现在棚门口。

大家同时意识到这个人的出现。他穿着深色平脚裤，赤裸上身，胸背上一圈密匝匝的纱布已经泛黄。尽管瘦得皮包骨头，但那副宽肩长臂还是暗示着曾经有过的强健体魄。

壮汉子缓缓移动，光从背面打过来，容貌和身体的细节在亮头里清晰起来。他走走停停，不时扫视坐在地上的人们，人们被扫得纷纷俯下脸去。当他注意到我时，突然身体后仰，仿佛要拉长距离细看。我满手冷汗。他走近了，在老金身后坐下，目光再也不离开我。

大伙瞧瞧他，瞅瞅我，颇为幸灾乐祸。老金吓得有些僵住了。我想壮汉子已经认出我了，他窄长的眼眶上下一挤，像要把眼珠子弹射到我脸上。我微微挺直背脊，想装得若无其事，双手却抖个不停。

赛先生站起身，向新来者打招呼："嘿！"谁知壮汉子应声而倒，一下扑到老金背上，老金大叫一声，把剪子扔出去，被戳破的大拇指在地上甩出一条细长的血线。

"他背上的刀伤不轻，还没完全康复呢。"医生说。

我浑身一软，再也坐不住。美佳把我从地上拖起来，抚着背安慰我。她不清楚是怎么回事，但做出万分理解的表情。

"那得叫人把他抬回去了，"赛先生果然有领导腔，指了指医生说，"你抬他。"赛太太侧着头，默默瞧着自己的丈夫。

"好，我抬，"医生不卑不亢地站起身，"还需要一个人。"

老金和阿发不约而同地把头埋下去。

"老金，你帮一下忙吧。"

"为什么是我？我又瘦又没力气，刚才还不小心把手弄出血了。"

"什么呀，你偷东西倒有力气呦！"发婆不满地嘀咕。

"没你的事，还是好好管教你们家男人吧，"老金涨红了脸，"整天白忙活的神经病！"

发婆额角的青筋根根暴起，赛先生挥手制止了她的破口大骂。

"那么……"医生迟疑了一下。

"我去吧，"美佳自告奋勇，"我壮，力气大。只是……他凶巴巴的，会不会突然醒过来？"

"你看他失血严重，嘴唇都发白了。即使醒了，也没力气挣扎。"医生给了一颗定心丸。

他们摆弄他沉甸甸的身体，阿发经过思想斗争，也加入进来。医生搬头，美佳抬脚，阿发托腰。壮汉子的脑袋在医生的手里晃了两晃，就垂向我这边，我能够想象那对眼睛，假如它们突然睁开，复仇的目光必定会捅进我的心窝。

第三章

11

我坐在床边，上身被捆得不能动弹。护士长和戴眼镜的医生替我整理东西。我提出，我只要带走书、刀和我的"小青"。

"小青？什么小青？"医生问。

"就是发给她的白布包。"护士长回答。

他们不管三七二十一，将零碎杂物往"小青"肚子里塞，塞完朝我脖子上一套。护士长突发善心，又拿来一瓶水和一袋开过封的饼干，用马夹袋一扎，系在"小青"的包带上。然后他们牵起我腰里的绳子，命令我往外走。

他们怪我走得太慢，一路抱怨着，来到车厢前。这是辆破旧的大卡车，厢体用藏青色的帆布遮了起来。厢门打开，一团燥热迎面扑来，我晃了两晃，突然被人从后面抬起，扔了进去。

车启动，黑咕隆咚的车厢猛一颠，又一颠，前后轮依次碾过一个大凸起。我伸手摸索，不小心碰到一个瘦嶙嶙的背脊，那人反手就是一拳，砸在我的额角上。我不敢吱声，慢慢挨着车厢壁坐下。

外面的光线被帆布滤成虚弱的小白点，看久了脑袋晕乎，加上闷热的空气一路烘着，我渐渐神志模糊，只有在厢门重新打开时，才稍微清醒。

每次开门都会塞进新人，车厢开始热闹，也拥挤起来，我没法完全躺下，后背硌在两根硬支杆间，疼久了也就麻木了。

左手边是一个老头，平时死人一般安静，睡着时却鼾声响亮，"嗞——"地吸进去，"咻——"地吐出来。右侧一个斯文的中年人，没完没了地数数字，从一数到十，从十数到一。他身边是名悍妇，一路骂骂咧咧。

有个小男孩在不停抽泣，他和他的母亲、婆婆在一起。小男孩口齿含混，说话颠三倒四，母亲不时给他讲个小笑话，声音细细软软的。婆婆则谁都不理，兀自哼着儿歌："小燕子，穿花衣，年年春天来这里，来这里呀来这里，小燕子，穿花衣……"她牙齿漏风，音色却像一个女童，在车厢内细丝般地盘旋，把每一双耳朵都勒紧了。斯文男人和打鼾的老头苦恼地哼哼起来，孩子的母亲叹气，悍妇则用粗口咒骂着。老太还在固执地唱，并饶有兴趣地变化出各种调门。

突然，有个低哑的男声说："住嘴。"

老太的儿歌，还有其他的小响动戛然中止。过了半晌，悍妇谨慎地打了个嗝，各种声音才恢复起来。

这个男人不露声色，壮硕的身子一横，独占半个车厢，其余人重重叠叠地挤在另一侧。我的右手被压在自己身下，左手让打鼾老头当了靠垫，头枕在斯文男人肩上，腰以下则被悍妇的小腿硌着。

大家心怀不满，却不敢言语。只有一次，悍妇忍不住叫道："喂，对面的，你一人占那么多地方，我们这里挤得要死。"

壮汉子不吱声，悍妇等了等，忍不住又喂了一声，他仍不搭理。悍妇像被一门沉默的大炮对准了胸膛，吓得缩起了手脚。众人更是不敢多话。

12

真正领教壮汉子的厉害，是在一次送食的时候。

车厢靠驾驶室那头有两个洞，下面的用来方便，上面的传递食品。隔一段时间，会有一只手投下面包和生水，有时是只多毛的手，有时则是白净的手。食物不多，五六片不新鲜甚至发霉的面包，灌在废弃塑料瓶里的生水，或者一股铁锈味，或者发酵般的酸臭。

大家抢着把胳膊从别人身下抽出来，尽可能地伸长去接食物，尤其是孩子的母亲，洞口合上前，都会准确判断每块面包落下的方位，洞口一关，就猫似的蹿过去。她的运气不太好，虽然平时大家半死不活的，一到紧急关头，身手都敏捷起来，捡拾抓抢，或者暗中拧打。有几次悍妇故意伸腿绊她，她趴了好一会儿才挣扎起来，结果只抢到两瓶生水，气得和悍妇扭打。她远不如悍妇强壮，但盛怒之下，居然打了个平手，直到壮汉子大喝一声，两人才不情愿地分开。

喜欢数数字的斯文男人很有同情心，不时替她多拿一两块面包，甚至将自己的一份也给她。一次他提议："那位女士，咱们换个位置吧，我这儿离洞口近，拿东西方便。"

这想法犯了众怒，因为意味着每个人的位置都要被重新调整。在乱哄哄的车厢里，一截胳膊一条腿的地盘也非常宝贵。

悍妇首先反对："呸，换你个头！一换就得换仨人，我岂不是要往后挪。"

没等斯文男人回答，孩子母亲抢着说："谢谢好意，我们能凑合。"

那以后，她和斯文男人似乎达成了某种默契，或者用悍妇的话说，他们是一伙的了。这让夹在中间的悍妇感觉自危，但她很快也找到了同盟者，就是那个壮汉子。

一次送食时，他显示了他的身手。老头离洞口最近，虽然身体虚弱，位置优势还是让他顿顿不缺。那次投完食，孩子母亲叫道："怎么今天面包这么少？我们仨一块都没拿到。"

悍妇说："我也没拿到。"

车厢里一阵骚动，大家怀疑、议论、自表清白。壮汉子突然发话了："老头子，把面包拿出来。"

"什么？"

"拿出来。"

我感觉老头在我身边抖得厉害，他已说不出话。

壮汉子倏地扑过来，紧接着脑袋撞地的沉闷声音，一下，两下。

"拿去……拿……"

壮汉子夺过老头藏在身后的面包。

"你总得……总得……把我那份留下吧。"

一个清脆的巴掌回答了他。

"那我……"悍妇怯怯地试探，见壮汉子丝毫没有分享的意思，就赶紧闭嘴。

"对不起，请给我们一片面包。"孩子母亲大声道。

大家吓了一跳。壮汉子不答。

"给我们一片面包，孩子快饿死啦！"她更响亮地坚持。

壮汉子犹豫了一下，缓缓递过一片。

挨了一顿揍后，老头开始经常咳嗽，出手也不快了。他渐渐抢不到食物，肚子一饿，甚至无力喘息。

这个小插曲之后，悍妇试着和壮汉子套近乎。起初他不理她，次数多了，就有一搭没一搭地攀谈起来。除了斯文男人数数的小声音，车厢里一片好奇的安静。

悍妇问："你从哪家医院来？"

壮汉子答："隔壁那家。"

"隔壁哪家啊？"

"就是隔壁那家，我妈妈说是隔壁那家。"

"那家有些什么人啊？"

"有姨姨、姨父，还有我。"

"姨姨、姨父是谁啊？"

"姨姨、姨父就是姨姨、姨父。姨姨就是姨姨，姨父就是姨姨，不对，姨父就是姨……不对，不对……"

纠缠了老半天，才弄清大概。壮汉子来自北方小镇，所谓"隔壁那家"，是镇上的小诊所，由一对老夫妻开着，他管他们叫"姨姨"和"姨父"，他被关在姨姨家院子的木笼子里。

"他们为什么关你啊？"

"我打人。"

"打人就关你。"

"打人关人，打人。"

悍妇突然咯咯笑起来，仿佛"打人"二字含着什么趣味。这么一笑，不留神噗了一下。

"你放屁。"男人也笑起来，像小孩逮到了人家的把柄。

"呸，你才放屁呢！"悍妇做了个什么动作，孩子母亲暴怒，"在孩子面前放尊重点，不要脸的东西。"

"呸，你好有脸，命都快没了还要脸？还能指望我们活着出去？唉，我要死了，死了！"

每个人心里都抖了抖，孩子母亲不再吱声，大家闷头想各自的心事。

悍妇对壮汉子大声说："记着，她是坏女人，坏女人。"

男人低声念："坏女人。"

13

除了我和老头，其他人分成两派：壮汉子和悍妇一派，孩子母亲和斯文男人一派。我只求应得的食物，不打算介入这微妙的平衡。好在肚子不饿，胸口的马夹袋里有护士长给的饼干和水。在这群疯子当中，保护自己的最好办法是沉默。

不知睡了多久，我被一个奇怪的声音吵醒。有人在呻吟，仔细听，是两个声音，还有一些令人难堪的小响动，混浊的空气被搅了起来。

孩子母亲斥责道："当着小孩的面你们也这样，简直是禽兽。"

声音停止了，悍妇哼哼冷笑："对，我就是禽兽，"顿了顿，又说，"这个坏女人，了结她，快去了结她！"

耳朵被这尖厉的声音捆了一下。我费力地腾出手，捏了捏"小青"，先捏到明先生的书，被厚报纸裹得严实，书下面是段仔送的藏刀。我摸着凹凸不平的刀鞘，心里踏实了些。

突然，孩子母亲尖叫起来，壮汉子一声吼，巴掌打在身上噗噗响。我被波及了，斯文男人手臂乱动，不知在躲避还是要招架，我只能跟着左挪一下，右移一点，老头苦恼地呜咽，小孩号啕大哭，他的婆婆"哎哟哟"叫唤起来，显然不小心吃了亏。

"喂……你帮帮我，帮我呀……"孩子母亲撑不住了。

斯文男人不停发抖，"一二三四"数着数，像临考的小学生在努力镇定。突然，他深吸了一口气，猛地扎进扭打之中。

车厢摇晃得厉害，像会随时被哭叫声掀翻。一口痰在老头的气管里上下下下，被虚弱的咳嗽顶到一半，又滑回去。帆布厢壁被东戳一下，西撞一记。悍妇也加入混战，因为激动而拼命打嗝。我莫名其妙挨了几记冷拳，不得不尽力往边上靠。塑料水瓶从马夹袋里滚出来，我一手在地上摸，另一手紧拽住胸前的"小青"。

"你们这些疯子，吵什么吵！！"送食物的小圆盖被掀开，一根铁棒伸下来，在人群中乱捣一气。

微光照亮了厢内的情形，小孩母亲被壮汉子压在身下，斯文男人螃蟹一样叉着手脚，趴在后者背上，悍妇的裤腰耷拉着，她在胡乱挥拳，有的落在斯文男人身上，有的落在她的同盟者身上。壮汉子脊梁上挨了一铁棒，吃不了痛，向一旁倒去，车厢猛倾了一下。那一刻我以为要翻车了，其他人的动作同时停止。车厢倾到一个角度，又往回弹，左右晃了几下，终于重新平衡。

"妈的，闹什么闹，闹了没东西吃，让你们统统死光！"顶上的人狂嚷一通，狠狠地把洞口盖上。

打闹平息了，大家回到自己的位置上，窸窸窣窣地整理衣服。孩子小声哽咽着，他的母亲没有安慰他，倒是斯文男人大声道："乖，别哭，别哭。"老头终于咳出了他的痰，几乎耗掉了所有的体力，他猛吸几口气，在呻吟中瘫倒，我用大腿顶住，不让他占到我的地盘上来。

忽然，孩子的母亲哭起来，悍妇也跟着哭，声音像被人捏了脖子似的，掐成一小段一小段。孩子的婆婆又在唱儿歌，先试探性地轻轻一句："小燕子……"见没人反应，就渐渐高亢："……穿花衣，年年春天来这里……"

斯文男人也在悄悄擦眼睛，他不再数数，生怕颤抖的嗓音泄露了悲伤。我擦掉泪水，挪了一下身子，将藏刀从"小青"的肚中取出，压在大腿下，以防不测。

14

　　争抢是愚蠢的，共同的外部敌人才最危险。大家似乎达成共识，彼此说话的态度客气了些。但更多时候，每个人都不出声，老太也终于无力歌唱。

　　车顶的男人履行了他的惩罚。我们尽可能昏睡，以便忘掉饥饿，保存体力。肢体被排泄物浸湿了，身下的木厢板开始滋生臊臭。我感觉自己在腐烂，最初是忍无可忍的鼻子，接着蔓延到另一些灵敏的小组织：耳膜、视网膜，然后是指尖和关节。我像一只伏天里放久了的橘子，每一瓣都烂了个透。

　　突然，男孩说："妈、妈妈，我然（烂）了。"

　　"哪里？哪里烂了？"

　　"这、这里。"小孩哭得更凶，但哭声旋即怯生生起来。

　　母亲呜呜地哄他。

　　孩子的婆婆说："我也烂了，屁股下面。"

　　斯文男人终于忍不住哭出声。

　　过了一会儿，又是男孩怯怯的声音："妈、妈妈，我、我要刹（撒）尿。"

　　"儿子乖，你就撒身上吧。"

　　"疼，疼，烂了。"

　　"那你就蹲起来，撒地上吧。"妈妈无可奈何。

"呸，撒你妈个头，敢撒，我就把你们头都拧下来!看看看看，我整个袖子都湿了!还有我的背，我的背呦!"悍妇叫着叫着，变成哑哑的吃痛声。

"那，那那你到洞那边去撒吧。"

母亲的建议挑起一片苦恼的呻吟，但不再有人反对。顿了一会儿，她说："大家借过，让我儿子撒个尿吧。"

对面的男人保持四仰八叉的姿势，僵持了几分钟，斯文男人开始移动身子，我感觉右腿上的东西挪开了，就把右腿往右移，左腿放到右腿的位置。我们像一副被缓缓推倒的多米诺骨牌，空气稠得凝住了。小孩边哭边动，不时腿软、绊倒，几乎在半爬半行。壮汉子的腿不小心被碰到，低吼了一声，小孩吓得被口水噎了一下。

终于移至目的地，他迅速揭开底部的小洞，瞄准都来不及，就嗖嗖地尿起来。小孩子尿液的气息，像雾天里的树叶。

"儿子嗳，外边白天晚上？"

小男孩往小便的洞外瞅："找（早）上，哦哦，找上，亮，亮了。"他撅起的屁股碰到了老头，老头往旁边一歪。我和男孩同时惊呼：

"他死了!"

"他始（死）了!"

15

黑暗中，所有人怔了怔，斯文男人半挺起身子，探过一只手，似乎要证这个事实。

"死人，这里有死人！"悍妇尖叫。

"死人——"孩子母亲也叫，"儿子，过来，到我这边来。"

儿子往回爬。车厢内爆出高高低低的呼号。

"死人啦——死人啦——"

壮汉子敲打厢壁，其他人受了启发，也纷纷肘顶、手推、身子拱。厢顶的洞又打开来。

"妈的，还没饿够你们啊！"

"面包，我们要面包！"

"要面包，要面包，面包、面包、面……"

壮汉子一手抓到洞沿上，被上面的人用脚踩了回来。

"妈的，疯子、死鬼！"

铁棒又伸下来一阵乱捅。整个车厢开始沸腾，洞口的微光照出几只上伸的手的轮廓。壮汉子抓住铁棒，嘴里发出"嗷嗷"的狼嚎之声，立刻有人和上去，"嗷嗷""呜呜"，铁棒随着节奏被上上下下地拉锯。

车顶的人气急败坏："阿乌，快来帮帮忙，疯子造反啦！阿乌——"

车身摇晃得更剧烈，铁棒被壮汉子夺了下来。一阵欢呼，他用铁棒戳厢壁，帆布发出痛苦的嘎嘎声。

"阿乌——阿乌——快快，想点办法……揍他们，教训他们……该死的娘的……"

车子忽然大拐弯，所有人都结结实实朝一个方向撞过去，车子又立刻往反方向转，大家像色子一般被再度抛离。我先是觉得所有人都压在了自己身上，只一瞬间，又都齐齐飞出去，浑身血液霎时倒流，才意识到自己已压在了别人身上。

两个方向一转，大家顿时安静，仿佛被弄晕了，不明白发生了什么。

壮汉子恍然大悟似的叫起来："坏女人，都是你！"

悍妇尖颤着嗓门："呸，你，才是你！"

两人不知所云地对骂，扇一记耳光，更响亮地回扇，悍妇开始哭，撕扯衣服的哗嚓声。顷刻之间，大家互相打骂。人群开始失控，我被一个尖锐的胳膊肘撞到，后背又挨了什么人一巴掌。我正打算松开"小青"，摸一下痛处，身下突然伸出一只手，卡住我的脖子。

"坏女人！"壮汉子喘息着骂，"坏女人、坏女人……"

"呃！呃！"血直往后脑勺冲。我想掰开那只手，掰不动，指甲深深掐进他的手背，他卡得更紧。我抄起身下的刀，往他背上就是一记。他啊地松开手，立即又憋足了劲儿反扑过来。

"坏——"他吼，"坏，掐死……"

这声音突然被一个更大的声音淹没。

"轰隆——"

"轰——隆隆——"

一声巨响，接连着又是两声，同时从左右耳冲进来，在大脑中央相遇、撞击，制造出骇人的震动。我下意识地捏紧十指。一股灼热的力量把我往外推，身上的男人向一旁飞开，世界突然火辣辣地亮起来，万物迅速倒退。一只看不见的手拎起我脆弱的脊椎，但登时，我又被另一只手反方向抓住，两只硕大的手把我狠狠夹在中间，五脏六腑像被戳破的气球，噼噼啪啪地炸开来。

血红色的雾气顺着眼缝硬生生地挤入，无数介于气态和液态间的小珠子，绵绵地飘落到身上。一股微酸的腥气，蛋白质烤焦的臭味。大的声音，小的声音，酒精灯烧灼棉线似的声音——那是皮肉吱吱地爆裂。碎片横飞，嵌进面孔和手臂。一片混乱中，我听见小男孩的喊声："妈妈——"

第四章

16

　　美佳安慰我："车厢那么黑，他未必看清是谁捅了那一刀。更何况，岛上这么多人，我啊，阿乌啊，都会保护你的。"

　　"我没害怕，也不需要你们保护。"我嘴硬，心里却更加不安。

　　唯一可靠的办法就是除掉壮汉子。我可以趁他昏迷，再补上一刀。可是真杀了他，别人会放过我吗？如果这次又不干净彻底，他会不会疯狂报复？

　　正胡乱想着，赛先生突然告诉我，干部让我去一趟。他带我穿过空地，在南面一间大屋子前停下。

　　"进去吧。"他推了推我。

　　我迟疑了一下，敲开门。

桌前的年轻人应该是传说中的干部，暗绿色T恤像一棵腐烂的蔬菜，从桌底伸出的腿上，是条浅蓝牛仔裤。他有一个尖锐的鹰钩鼻，似乎会把惨白的皮肤戳个窟窿。最让人不舒服的，还是眼睛：眼白里几根深红血丝，眼窝下两挂浅灰眼袋，眼眶虽然大，目光却往各个方向涣散。但当他盯住我时，游离的视线突然紧密团结，笔直聚进我的瞳孔。我莫名其妙地心虚起来。

"你——方蓁岷？这个名字太复杂，以后叫你小莲吧。之前的6号就叫小莲，突然生病死掉了。也好，这么娇贵，死了活该。"

"可是……"我不喜欢"小莲"，我叫方蓁岷。

"没什么'可是'。还想讨价还价？"

他不再搭理我，顾自翻看一本花花绿绿的杂志。我不敢出声，偷眼瞧四周：摆设干净简洁，正中一张大桌子堆着书、报纸及稿件。桌旁有三四张椅子。床和大大小小几只柜子挨个排在墙边，深色木料，做工考究。我留意到，屋门的对墙上，又有一扇小门。

我站得脚跟发酸，干部仍不理睬我，有时嘿嘿笑两声，似乎读到什么有趣的东西。从侧面看，他的尖鼻子顶进书页里去了。

他把杂志翻了好几遍，这才慢吞吞地抬起头："想清楚了吗，你叫什么？"

"小莲。"

"什么？说响一点。"

"小莲！"

"还是听不见。"

"小莲！！"

干部合上杂志，死死地盯住我。

"一个地方要有一个地方的规矩，我们这里也不例外。"

17

"每天早上铃响，你们就得起床，记着，马上起来，不得拖拉。漱洗在勤杂室，早饭后工作，工作十小时，别瞪着我，还有十四个小时可以休息呢，况且工作又不累，你们真是享受啊。十个小时不间断，不休息，没有午餐——如果中午吃了东西，下午容易打瞌睡。你以前睡午觉吗？"

"睡。"

"坏毛病，必须改过来，宝贵的时间，怎能用来睡这么多觉？"

"下午听到铃声响，才能停止劳动。吃晚饭时，可以自由活动，但别给我玩什么花样。晚上开例会，不准缺席，生病也不可以。例会后乖乖回房睡觉，不准出来，除非是上厕所。"

"就是说，我们得……像犯人一样。"

"你可没资格问这问那，"他冷笑一声，顿了顿，拉长后的声音有点轻飘，"你好像长得不赖，我可以多告诉你一点。

"你知道为人处世的第一要义是什么吗？就是：识时务者为俊杰。你懂不懂？嘿，我看你不懂，瞧小嘴噘的。也别东张西望，放心，这屋里没有摄像头。其实，我平时表现得严厉，仅仅是为了树立威信，私底下还是相当温和的。你不用紧张，真的。"

他突然来摸我的脸，我下意识地用胳膊隔开，他的手在半空中尴尬地停了一下，再往前探了探，我绕到桌子另一边，他够不着我，满脸不快，悻悻地抽回手，眼睛仍死盯住我。

"别太把自己当回事儿了。你们算什么，神经病、劳改犯、性变态，你以为你值多少钱？"他伸出两根指头，随后把食指捏回去，只留中指，"把你从医院买来，才花了两百块，比猪还不值钱。康船长他有的是钞票，再买一百个人来玩玩也无所谓。"

他停顿了一下，仿佛特意留出空白，好让我回味处境的卑微。我拼命咬嘴唇，眼眶里还是蓄得沉甸甸的，一下落在衣襟上，化成一摊湿迹。

"哭了，后悔了？知道应该配合我了吧。"

他哼了一声，又低头看他的杂志。纸张摩擦的哗哗声，在安静的屋子里放大。我手足冰凉，低垂的头颈开始作痛，仿佛寄存其上的脑袋会随时离开，重重地砸向地面。

18

美佳说得对，抄书是最轻的惩罚。

"抄书是为了防止你们这些笨蛋变得更笨，虽然我认为你们没救了，但或许会发生奇迹。当然，比笨更糟的是满脑子坏想法，就更该抄书，抄正确的书，去校正它们。待会儿你路过仓库，可以进去参观一下，那儿有个家伙正在勤奋改造呢。希望你知道自己该想什么，不该想什么。"

"我不需要改造，我和他们不一样，"我犹豫着该不该往下说，嘴巴却抢在大脑前面，把话顺溜溜地吐了出来，"我妈为了救我，开了一张假证明。她说以后再开张证明，说我是异常人格者，就能出院了。我说的是真话，我是正常人，如果不来这里，可能早就回家了。"

干部像没听见我在说话，压根懒得搭理："仓库里的书是为你们精心挑选的，全是为了你们好。噢，对了，你会做些什么？"

"我……因为生病，一直待在家里，不过，嗯……我学过两年油画。"

"又是一个什么都不会的!画画，搞哲学，你们这些寄生虫，对社会没有一点用。没用的人应该统统饿死。岛上资源有限，你们要好好表现，表现越好，得到越多。当然，如果愿意揭发别人的坏表现，你可以得到更多。"干部意味深长地看着我。

我嚅了嚅嘴。

"10号——就是那个美佳——兼管后勤，我把她和你安排在一屋里。好像你们处得不错，也许她能教你一些东西，比如怎样变得乖巧。当然也不能指望太多，她自己就是个糊涂蛋。"

干部故意拖长声音，以便让我对他后面的话加倍注意："如果你确实犯了什么严重的错误，"他指指后壁上的那扇小门，"也许就要到治疗室去转一圈了。"

19

我决定去见识一下那个叫大西北的神经病。

仓库大而阴晦，一股霉湿气，墙面满是青黑的斑点，土黄色的硬纸板箱像要从墙脚堆到天花板上去。我小心翼翼地在纸箱间拣出一条路。

"请随手关门。"

一个暗沉沉的声音。我吓了一跳，循声望去，发现有人蜷坐在角落里，周围堆了些书，有的摞成一沓，有的三三两两散落着。

我回过身乖乖把门关上。屋子更暗了，那人缩进阴影中。我警觉地看着他，他也在观察我。

"你可以坐。"

我磨磨蹭蹭地靠近，在半米开外坐下。隔了这样的距离，我才看清楚他：这个一身破烂的家伙，居然戴了副精致的金丝边眼镜。我不知怎的想起明先生，心里一紧。

男人北方口音，五官却有种南方的阴郁，小眼睛里射出的光，让人想起下水道，或者长满苔藓的背阴墙壁。膝盖上搁着本摊开的书，手里夹着的木头铅笔，正不紧不慢地敲着书页。

"新来的？"

"嗯。"

"感觉怎么样？"

"没怎么样。"

"对那些疯子印象如何？"

他嘴一努，脑袋转向窗外。我顺着他的目光望去，看到了工作棚的一角。

"这么说，你不是疯子喽？"我语带嘲讽。

"就像你不是一样。"他似乎在翻白眼，光线太暗，不能确定。

"真正的疯子都不认为自己是疯子，就像醉鬼不承认自己喝醉了酒。"

他撩起嘴角，算是笑了笑，重新埋头书本。他的轻蔑让我不爽，但如果就此发火或者离开，只能让这家伙自以为占了上风。我一时没了主意，尴尬在原地，顺手抓过一本书。一看书名，《拖拉机基本知识读本：电气系统》；又换一本，《国外木材剥皮装置》，顿感意味索然，把它们远远地扔了出去。

他抬头，嘴唇动了一下又止住。我瞪着他。他哈哈笑起来，将膝头的书递到我面前。我一翻封面：《进化——广义综合理论》。

"噢，你是学生物的。"

"不，我学哲学。没用的知识。"

"哲学怎么会没用？"明先生密匝匝的书房在我眼前一晃而过。

"它并不能改变现实，不是吗？"他拿回书，表现出和我聊天的兴趣。

"我不知道，"我想了想，又说，"不知道。"

"你是个聪明人，不会不知道的。"他像是话里有话。

"你知道吗？"他问。

"什么？"

"这么说你真不知道了。"

"你要我知道什么？"我有点厌烦。

他狠狠地瞪了一眼屋角，那里也有一个摄像头。突然他身手敏捷地爬过来。

"阴谋。"他吐出两个字。

我愣了愣。

"他们……想害我，想害我们。"他口中的湿气吹得我耳朵痒痒。

"那个男人，跟你说起过我吗？"

"哪个男人？"

"就是他呀，自称'美佳'的那个，"他偏过脑袋，拿正眼瞧了我一下，"你没看出来？不至于吧，他甚至还有喉结。"

"你是说，变性手术……"

他又缩回角落，在墙上蹭了蹭背："除了嚼舌头这一点像女人，其他的再怎么变，也还是个男的。"

他陷入沉思，过一会儿又意识到我的存在，于是继续刚才的话题："这个社会烂到根子里去了。满街走的都是疯子，正常人却被关进精神病医院，或者干脆被偷偷杀掉。"

他把《进化——广义综合理论》扔到一边，双手磨着膝盖上的麻布料，眼神像要穿透我的脸，看到背后的什么东西。

"书，书，该死的书！"他把扔出去的书又捡回来，呼啦呼啦，撕得粉碎。

"你叫什么？"他转向我，双手还保持撕扯的姿势。

"小莲。"

"怎么，你这么快把本名忘了？"

"本名方蓁岷，"我微微有些不安，"怎么会忘呢。"

他拿铅笔在手心里画，并仔细询问了后两个字的写法。

"你叫什么？"我反问。

他放低声音："这是机密。我有很多化名，把他们搞得晕头转向。"

"化名？有必要吗？"

"这里的人都叫我大西北，或者在背后称我思想犯、迫害狂之类的。随他们去叫，这群猪，根本无法理解优秀的头脑。"

"哼，谁承认你优秀啦？"

"我也想谦虚，可是，我有很多崇拜者呢，他们的赞美远远超过了'优秀'二字。"

"就算你优秀，又有什么资格污蔑别人是猪？"

"所谓污蔑，是歪曲事实，可我说的句句属实。人试图改变境况，猪只会随遇而安。"

"你能改变你的境况？如果能，怎会还在这里？"

"我能改变，"他的眼睛死盯住空气中的一个点，"我有很好的计划，如果你想救自己，可以听我的。我们一起来做点事。"

"什么事？"

"现在有监视，改天再说。目前的处境很危险，我们随时可能遭毒手。"

他跳起来，像只耗子似的蹿到窗前："禁林，你看这是禁林！"

一个微微隆起的小山头，背后露出半截树林，风吹过，密匝匝拥挤着的叶子一阵乱颤，深浅的颜色浮动起来。这就是禁林，美佳也曾提及。

大西北又指向西边："洼地里时常挖到死人骨头，是为了什么？不远千里把我们运来，又是为了什么？"

他握着拳头，咬牙切齿道："他们，是他们干的。想把我们一个一个干掉。尤其是我，"他的手掌在窗沿上做了一个切菜的动作，"他们不会明白的，他们不明白看不见的东西。其实，看不见的危险才是最大的危险。"

他的嘴唇颤抖不已："方蓁岷，告诉你，离那群猪远点，小心变得和他们一样！"

20

"你见到大西北啦？"美佳吐了吐舌头，"他没讲我们坏话吧？离那个迫害狂远一点噢，他脑子有病。"

"他可不觉得自己有病。"

我一面心不在焉地搭话，一面仔细观察美佳。

美佳继续发表高见："有点文化的人嘛，总不愿被人叫作疯子。不过话又说回来，保不准其他人都是疯子呢，我们就是正常人了，仅仅是被疯子们冤枉成'疯子'而已。啊呀好绕口，不知道表达清楚了没有，反正就是这个意思啦。"她想了想，扑哧笑出声。

我无动于衷地看着她。她面颊处的线条十分僵硬，浅浅的喉结在粗脖颈里滑上滑下。

　　"大西北肯定跟你提到禁林、阴谋之类的东西吧，"美佳见我不笑，马上收敛表情，"阴谋不阴谋的是狗屁，禁林倒是真得当心。"美佳打了个激灵，一脸大姑娘似的柔弱。

　　我忍不住问："美佳，你真的……曾经是……男人吗？"

　　美佳仿佛被重物击中脑门，直直地愣在那里。过了半晌，勉强挤出一个笑："可是我……一直试着做女人啊，学习烧饭做菜补衣服，还学习女人的温柔细心。我妨碍别人了吗？他们都笑我，离我远远的，连爸妈都不认我……"美佳越说越慢，用无名指拭了拭湿润的眼角。

　　"美佳……"我抚着她的肩膀，"你烧的鱼很好吃。"

　　她冲我嫣然一笑，泪珠终于被变窄的眼眶挤出来："谢谢你的安慰，我知道的，我做菜放不准盐，不是太咸就是太淡。我会努力的……其实我挺开心的，只是有点多愁善感而已。这说明我像个女人了，不是吗？"

　　她双掌对击了一下，再甩出去，像把什么东西奋力推开。我点点头。我们不再说话，一起朝前看着大海。

21

　　我以前从没见过海。劳动结束后，美佳提出陪我到西边的堤坝上看海。不过她自己不能多待，得为大家准备晚餐。

"再过一会儿，太阳就落下去了，据说这儿能看到最美的夕阳。可惜这时候，我总在勤杂室做饭。"

太阳像被钉在了半空，迟迟不肯陨落。天是透明的，海面有丝绒般的光泽，一阵一阵翻卷过来的哗哗声，不知是风还是浪，天和地往海平面上一合，就把这声音合在里面。声音来回激荡，互相碰撞，显出纯净而豪迈的气度。

我仰起头，张开手臂，单薄的身体被海风吹得一会儿前倾，一会儿又微微后倒。我打了个寒战，美佳想伸手抱我。我觉得别扭，避过身去。

"嘿，那是谁？"坝后的低地上，有两个灰色人影在移动。

"阿发，还有他老婆。"美佳伸出的胳膊落了空，有点尴尬，趁回答的当口灰溜溜地缩回去。

"我说过的啦，阿发是种地狂人。他磨了好多天，才得到干部批准。作为代价，他和发婆的口粮就比别人少了。人家觉得他傻，他自己还挺高兴的呢。"

坝不高，最左面是一径石头垒出的小阶梯，小阶梯的底端消失在一层薄薄的、略微发亮的白色中。不远处，洼地缓缓抬升成中央平地，这层白就和坡面上沙石的灰色参差交错。

"是盐，"美佳说，"本来这里的地很好呢，可惜前一阵刮大风，把海水刮过坝来，潮退后一地的盐。"

两个人影近了些，我看清了，阿发正用铲子铲盐巴，发婆在一旁端了个塑料盆接。在堤坝朝右延伸的尽头，海滩呈现出泥沙混杂的浆褐色。发婆端着盛满的盆子走过去，瘦骨伶仃的腿哆嗦着。到了坝底，把盐巴泼出去，白色的斑斑点点在浆水里漫漶开来。

海水开始低了，在很远处用小舌头舔着沙滩。阿发越铲越慢，发婆靠在坝边揉肩膀，塑料盆被丢弃在一旁。遍地盐花溢过了堤坝，漫出了地表，延伸到海的起始处。

"这样干活，也不知辛苦到哪一天。好在肥料是现成的。"

"现成的？什么意思？"

"因为这儿就是个大粪坑啊。"

"什么？就在露天……解决？"我诧异。

"是啊，刚来岛上时大家随地乱拉，后来弄得没法生活了，就规定好，必须到低地里方便。反正大野外的，没人看见。也算给土地施肥。"

"多不文明，简直脏死了。"

沙地的褐黄，突然变成排泄物的颜色。我像被扇了一记耳光，兴致全被打消了。

美佳还在津津有味地说："快看，快看，阿发又挖到一根骨头。"

阿发举起挖到的东西，对着太阳照了照。

"我对这些不感兴趣，"我越想越恶心，"你把我带到这么个粪池里来，还说什么落日美景！"

"小莲……"她对我的情绪突变不知所措。

"别叫我'小莲'，我是方蓁岷。"

"是，是，方……小莲。"

"我要回家，我的家干净舒服。这是个什么鬼地方？为什么让我待在这儿？为什么要和你们这些疯子白痴在一起？我是正常人，你知道吗？他才疯了呢，他，他们，"我指了指远处的两个人影，"想在盐地里种庄稼的人，他们知道自己在干什么吗？"怒气如沾到火星的柴垛，把我浑身上下倏地烧了个透，"还有你，别这么瞪着我，你根本就是个变态，好好的男人不当，偏要当女人。"

"说得好好的，怎么突然发火了？"美佳瞪圆了眼睛，一层泪雾黏糊糊地蒙上眼眶。

22

例会是个重要活动，岛上特设了一间会议厅。美佳带我斜穿过岛，天已经黑了，太阳一落山，就是海风的天下，一阵阵阴森森地刮过，加之夏末秋初的昼夜温差，风竟要透到骨头的缝隙里去。

会议厅不大，四壁裸着木头的本色：蛀虫的印迹，刮擦的浅痕，木料截面上大片的青黑霉点，让人感觉压抑而阴冷。天花板对角上，也是两只黑色摄像头。屋子正中，整齐摆放着一些椅子，四周散着十来支蜡烛。

大家陆续入座，那个吃了我一刀的壮汉子没有出现，我稍稍松了口气。坐定后大家交头接耳，只有大西北谁都不理，挑了最旁边的一个位子，闷声不响地孵着。

我们对面坐着干部和另一个不认识的人，干部手里拿着几张纸，旁边那人则不声不响地处在略靠后的位置上。

此人非常壮实，因为坐着，无法看清身高，但从支着的长腿上判断，至少该有两米。大眼睛，深瞳仁，目光亮晶晶，五官的线条像是用写意笔法随便勾出来的。

这是个美男子，可我一点都不喜欢他。皮肤太黑，T恤衫下露出毛茸茸的手臂，显得有点愚钝。现在，这个愚钝的人正盯着我看。我别过头去。

"6号，这是你的救命恩人阿乌。还不快谢谢他。"干部说。

我愣了愣，这才反应过来，他是在叫我。

"谢谢。"

阿乌像是没听见，仍然直视着我。由于眼珠子转得慢，他的目光显得专注，我低下头。

"一点都没诚意，"干部十分不满，但不想在我身上耽搁，他抖了抖手里的纸，"好，例会要开始了。11号，别再摇晃身子。7号，腿伸那么长干吗？缩回去缩回去，怎么，膝盖并不拢吗？"

干部扫视了一圈，终于满意了，清清嗓子："我要说的第一件事是——"

身边的美佳微微挺了一下背，指头伸到后面钩住椅子；有好几双手同时绞擦麻布衣，发出令人心烦的响动；渔女在玩弄头颈里的麻绳项链；还有另外一个什么人，大概晚饭没吃好，肚子里有股气在咕噜噜地冒泡。我盯住自己的膝盖，看到肮脏的脚趾从底下探出来，它们局促地拧着，试图夹住衣袍的下摆。

23

第一个倒霉的是大西北。

"7号，书抄好了没？"

"还没，刚抄了前面五章。"

"太慢了，这种速度，又该罚了。既然已经抄了一部分，倒说说看，你有什么认识？"

"认识……"大西北的镜片反射出一点烛光，"很多无用的知识，堆在脑子里容易中毒。"

"还有呢？"

"应该学习实用的东西。"

"没讲到点子上，"干部顿了顿，"你说的什么运动，到底有没有发生过？"

"大概……有吧。"

"有，还是没有？"

"有！"大西北声音虚弱，头颈却迎着干部的目光慢慢抬起。

"中毒不浅啊。看来还得抄书，或者抄腻了，换个方式玩玩？"

干部征集意见，屋里喧哗起来。阿发提出继续抄书，老金建议罚站三天。

"饿他三天，不给他吃的！"渔女边说边笑，烛光斑驳着她的侧面，睫毛在深黑的眼窝上折出扇形的影子。医生和老金看得有点痴住了。

"我看，关键要让他认识到问题的实质，"赛先生最后发言，"7号最大的问题是脱离群众，活在不切实际的幻想中。他应该知道并且尊重别人的想法。我们要创造机会，把我们的看法告诉他，这比抄书更有意义。"

大家纷纷赞成。干部说："好，就这么办。"

大西北靠墙站，其他人在他面前排成一列。

"你老说我们是猪，你自己才是猪呢，"老金的嘴巴几乎凑到大西北的脸上，"不，确切说，你是垃圾，一点用都没有。知道吗？垃——圾——，我恶心你，真的恶心你……"

大西北脸色惨白，老金还想往下说，被干部打断。

接下去是阿发，他在搔脑袋，生怕说了不够分量的话，把好机会丧失掉。后面的人不耐烦地咂嘴，发婆推了推他，他匆匆道："你算个鸟人，肏你妈！"走回座位时，阿发还在为没找到理想的话而沮丧。

发婆骂了句谁也听不懂的乡下土话。渔女什么都没说，在他脸上啐了一口。后面的人也如法炮制，骂几句，啐一口。

最后一个轮到我。大西北绷着脸，金丝边眼镜在细而脆弱的鼻梁上摇摇欲坠。我把话吐进他的耳朵里，他突然睁开眼，诧异地看着我。美佳还处在雪耻的快意里，挨近我悄声问："你骂他什么，这么神神秘秘？"

"没骂，我让他坚强些。"

"你疯啦，难道忘了他骂我们是猪？"

"他可没骂我，但不是这个原因。"

"那因为什么？"

"你不懂的。"我轻轻摆了一下手。

"那是什么？"美佳还想问，干部又开始训话，她只能把疑惑咽进肚子。

24

惩罚完大西北，干部记了一笔，把纸塞到屁股底下："最近有什么新鲜事要汇报吗？"

大家你看我，我看你。屋子里的安静像只大手，紧紧掐住每个人的脖子。

美佳低声道："干部想让我们互相说坏话，说得多说得好，就能有奖励。"

干部朝我们这儿一瞧。美佳把头埋下去，我反而抬首正视。干部的大眼袋像要从眯成缝的眼底掉下来。

终于有人出声了，是老金："我来说点吧，不知别人听到没有，波波每晚都在凿墙，弄出很大的响声，我好几天没睡好了。"

波波一直抽动着的面孔突然崩溃了，鼻涕流了一脸。

"其他人听见声音了吗？"

阿发和发婆对视了一下，犹豫着颔首，渔女莫名其妙地傻笑，赛氏夫妇则板着脸，脖子犟得像落了枕。

068

"我，我晌（想）……我晌……"

"别啰唆，一个字一个字说清楚！"

"我晌……我晌……开一扇昌（窗）……"

"一扇什么？说清楚些。"

"昌……"

"什么？"

我心里堵得慌，仿佛那个讲不出话的人是自己。

"再讲一遍，听见没有！"

"哧……哧……哧……窗。"

"这就对了嘛，不是讲不来，是主观上不乐意讲好，"干部总算满意了，"你想在屋子里凿窗？干什么？不是已经有一扇了吗？"

"能……能……能看见哈（海）……我……"

"海！"干部纠正道，"什么海不海的，你以为是来度假啊！居然敢搞破坏！别以为这房子旧，它可结实呢。想想外面有多少人没地方住！"

干部从屁股底下抽出纸，又在上面记着什么。

"这个老金最讨厌了，每次都带头揭发。"美佳轻声说。

"很正常，人人为自己。"我说。

25

最后干部提到了我。我心里一咯噔。

"你们有了个新朋友。"

大家稀稀拉拉地鼓掌。

"同时也希望大家指出她的缺点，帮助她一起进步。"

掌声又起，比刚才热烈了些。美佳担忧地看着我，那眼神在说：无论何时，我都站在你这边。我将手讨好地放在她腿上，她紧紧握住。

干部让我做自我介绍，"越详尽越好"。

我的经历非常简单，三言两语描述完在家里养病的二十年，以及那张导致我来到这里的假证明。在干部的追问下，我勉强提了提邻居明先生。

"就这些？"干部翻动手里的纸，关于我的材料，可能是从青山医院，或者以前看病的哪家医院转来的。

"你妈为什么要给你开证明？"

"因、因为……"我怔了怔。

"因为你是个疯子。"

"我不是疯子，那是张假证明。"

"非但是疯子，而且还是杀人犯！"

"什么杀人犯？"我大声反驳，却无法听见自己的声音。

干部喉咙里发出一记古怪的响动。屋里静极了。

"你再回忆一下，你勾引的有妇之夫张明，是怎么死的？"

"死？为什么？不，他好好的，正在学校教书呢。"

"看来你真不记得了。要我提醒你吗？"

"什么意思？"

"你亲手杀了他，还有他老婆陈淑芬。"

"你在胡说八道！"

"我胡说八道？你自己偷奸被抓，居然用玻璃杯把人家砸死了。但为什么把情夫也弄死？害怕被告发吗？最毒妇人心啊！"

"没有，没有的事。"我的脑袋疼得厉害。

"最后一次见他，是什么时候？"

"是在……"

"是不是在他的房间里，光线很暗？"

光线特别暗，好像下雨了，不，是下过雨，但却停了，空气黏糊糊的很不好闻，一切都在霉烂。这是明先生房里特有的味道。他有很多书，他太太也有很多书。墙壁上，桌子上，地上床上，任何地方。我不想待在屋里。但是明先生说：待着吧，就待在这里。

"他爱人出去了，又半途折回，正好捉奸成双。"干部说。

我看见明先生和明太太在吵架，他们扭在一起。后来呢，可是后来呢？干部在一旁不停说话，我听不清，只抓住零星字眼。

"不是这样的。"我闭上眼睛，把肮脏的地面和丑兮兮的脸隔到视线外。只有一些抽象的话，"你再想想"，"后来呢"，"玻璃杯"，或者"吵架"。我把注意力集中在"吵架"这个词上。相当长的时间里，它仅仅作为一个词存在着。

"吵——架——"我把它小声念出来，这个词就有了声音，有了具体的属性。然后一些细节出现了：一只颤抖的手、扶眼镜的指头、书桌角掉落的一块漆、有花纹的玻璃碎片……像慢慢显现的电影镜头，一个细节带出下一个细节，小片小片的画面拼贴组合。我看到那些玻璃，它们为什么会在那里。在下雨吗？

"想想，好好想想——"干部仿佛在念书，吐出的字节平而纤细。

"当时天很黑，应该是在傍晚，你和明先生待在他的书房里。"

跟着他的话，我进入傍晚的书房，看见了明先生。天很黑，琢磨不清他的脸，但洁净的气息把我整个包围了。

"明先生。"

"嗯。"他很温柔，我顺着这温柔浮起来。

"亲我。"

明先生俯下头，在我脸上碰了碰。手环在我的腰里，却架空一些距离，仿佛有看不见的东西阻碍着他。

"随后，你和他做了些不太好的事情，"干部的面孔横在我和明先生之间，"正巧被提前回家的明太太撞见。"

明太太走进来了，脚步声在虚掩的门外由轻而响，钥匙搁在茶几上，提包甩在木椅里。明先生来不及把手从我腰间撤走，书房门被咯吱一声推开了。

"回忆一下，被撞见之后发生了什么？"

明太太激动地扶住眼镜，以免镜片从扭曲的面部跌落。她扑过来，像个魔法破产的老巫婆。

"桌上正好有只玻璃杯，里面泡着茶。"干部做了个手势，凭空握住一个圆形的透明，于是我看见了那只杯子。

"是龙井，明先生喜欢喝龙井。"

"对，龙井，你看见明先生和他老婆吵架了，开始冲动，或许你根本没有冲动，只是开始进入……一种异于常人的状态。"干部小心翼翼地选择词语，不过分刺激我，又能恰到好处地挑起记忆。

"对，他们吵起来了，明先生很生气。我站在旁边，心都跳不动了。"

"你当时有没有一股冲动，扑过去把那个丑女人弄死？"

"没有。"

"再想想，有没有？"

我的脑袋一停止思考，就涨痛起来，像有根鞭子死命抽打着后脑勺。

"大概有吧。"

"不是大概，是肯定，她坏了你的好事。如果这个女人彻底消失，你就能和情人朝朝暮暮，天长地久了。你肯定是这样想的。"

"大概……"

"你多生气啊，她就那么跑进来，打碎了你的浪漫。你难道不恨她？"

"恨，恨死了。"

"那怎么办？要不要用东西砸她？手头正好有个玻璃杯，你难道不会扔出去？"

"会，会的！"我哭了起来。

"你就砸过去，不凑巧，啪——"干部狠狠一甩手，那只子虚乌有的杯子飞了出去，"她往后面一躲，滑倒了，脑袋撞在桌角上。有很多血，很多很多。"

"是的，很多很多血。"

红颜色铺天盖地涌过来，鞋子浸透了，脚踝漫湿了，升到了腰间，升到了手臂。我试图去拉身边的明先生，他恶狠狠地甩开我。他真凶，不再是明先生了。

"他不理我了。"

"是啊，他不理你，他想报警，因为你杀人了。"

"我不想被人抓起来。"

"所以你把明先生也杀了。"

"不，我喜欢他，怎么会杀他呢？"

"不，不，"干部的声音血腥起来，"你杀了，因为你疯了，你知道吗，你是疯子，无法自控。"

"我不是疯子！我不是疯子！"

"你是疯子，你老妈开的证明是真的，说假的那是骗你。"

"不是……不……"

我要淹死了。所有人都在岸上看，老金坏笑着，渔女坏笑着，所有人都在坏笑。只有美佳同情地伸过来一只手，可她离得那么远，我伸手能抓住的，除了水，还是水。

"当时，桌上除了杯子，是不是还有一把水果刀？"

"明先生要给我削苹果。我说我来削，我给他削了一个苹果，也给自己削了一个。"

"现在，这把刀就放在随手可得的地方，亮晃晃的，刺不刺眼？"

"刺眼。"我怎么也想不起刀的模样。

"他执意要报警，你害怕了，抄起刀，啵的一下——"干部的手指轻而慢地划过我的胸口，突然在心窝处用力一顶。

"深呼吸，深呼吸。"美佳说。

其他的小响动。

"我看今天就到这里吧，你回去好好想想。"干部终于松开手。

美佳扶住我。

26

我没疯，更没杀人。

"是的是的，我们的小莲正常着呢，一个善良的好姑娘。"美佳说。

"你在哄我，你相信我杀人了。"

"我才不信呢，这儿的人都爱编故事，别理他们。"

"他们为什么爱编故事？"

"因为干部喜欢听。"

我想了想说："美佳，你们都怕干部吗？"

"干部只是爱看热闹，爱寻开心，说实话，我倒有点怕康船长，神神秘秘地躲在林子里，又好像哪里都有他的眼睛。"

"有什么可怕的，他和你我一样，也是人，难道还长出三头六臂来？"

"他那么有钱，这个岛——甚至我们——都是他的，而且，他有禁林，还有摄像头。"

"哼，哪天我倒要到禁林里去看看，他长得啥样子。"

"小莲，禁林前有电网呢。"

"电网？哈哈，正好说明他的软弱，不是吗？"

"这……"

"美佳，我没杀人，也没疯，你相信我吗？"

"当然。"美佳轻轻摇我的身子，好像要把我的疑虑摇掉。

我不再吱声。康船长、干部、故事、禁林——事情没那么简单。我迟早得回去一次，把一切弄个明白。

第五章

27

时间久了，发现美佳说得没错。人人都能顺溜地讲出一套经历，听多了知道，那仅仅是故事。我也投其所好，编造自己是如何发疯杀人的，有时发挥得好，竟也曲折动人。

其他人比如医生，说他为了争夺一个升职机会，给竞争对手投毒，结果被关进牢房，断送前程。"这怎么可能呢，"美佳说，"医生为人正派，又那么热心。"

又比如赛先生，稳当当地做着官，怎么会忽然被抓进去，一天一个说法。我猜是因为贪污，大西北却咬定他是特务。

"特务？赛先生不也是康船长花两百块钱买来的吗？思想犯哪能这么轻易地弄出来？"

"你太幼稚了，思想犯往往会被诬告为杀人放火，或者像我这样，硬被说成疯子，"大西北有些黯然神伤，"我告诉你们真相，你们也不相信，还叫我什么'迫害狂'。"

我不再和大西北讨论这个问题，它与我无关。我对赛先生的了解仅止于他的官腔，"不错，我也这么想"，"让我再考虑一下"，或者"你说得对，不过似乎有商榷的余地"。

而赛太太从不来这一套。她的脖子永远上扬着，仿佛唯有如此，才能承载住满脸的不屑。我还注意到一个细节：赛太太在看其他人——甚至自己的丈夫时，目光始终是冷的，但当医生一出现，她的眼睛会突然绽放神采。在我的提醒之下，美佳也发现了这一点。

渔女的故事比较奇特：十一岁被继父强奸，流过两次产，母亲在怨恨中死去。赌鬼继父把她卖给人贩子，几经辗转，到一个北方城市做了流莺。在劈死一用烟头烫她屁股的嫖客后，她被送进了精神病院。这个基本真实的故事每次略有不同：有时渔女说嫖客用烟头烫她屁股，有时又说，那个嫖客强迫她吃屎。

大家——尤其是男人们，对故事细节的兴趣，远远压倒了对女孩本身的同情。她本人对此并不介意。她是个不要脸的婊子，西边的坡地就是野合的大床，在粪便和泥土之间，她和男人们苟且着。干部对鸡毛蒜皮的犯规特别在意，对她这般明目张胆的放纵，却睁一只眼闭一只眼。看来干部也得手了，我更加鄙视她。

但她似乎没有察觉，至少装作没有察觉，仍亲昵地叫我"小莲姐姐"。她圆滑得像一条鱼：在女人面前撒娇发嗲，在男人面前卖弄风情，身体扭来扭去，不停扇她的眼睫毛。男人们包庇她，我和赛太太不喜欢她。一次美佳告诉我，渔女对别人说，我们讨厌她是出于嫉妒。

美佳同情渔女，她觉得所有人都值得同情。这个傻乎乎的家伙，每天早上醒来，都在被子里拍打身体，说些鼓励自己的话，比如"一日之计在于晨"，或者"太阳多好啊，日子多好啊"。她甚至和摄像头里的康船长打招呼："嘿，早上好！"她说，康船长一定挺寂寞的。

28

我喜欢对美佳冷嘲热讽，但她的乐观还是感染了我。每天清早，我们一起斜穿过岛，到堆满什物的勤杂室梳洗，美佳唱不成调的曲子，我也跟着哼哼。我习惯了用劣质牙膏，不再埋怨毛巾粗糙，甚至学美佳他们的样子，把鼻涕擤在用过的洗脸水里。

暗地里我哭过好几回，我想念我的家：卧室四壁是消声材料做成的，用人们穿着软底的鞋子，走路轻手轻脚。门轴上足了油，开启时悄无声息。睡袍是真丝的，一件粉红，一件嫩黄，带着柔软剂的芳香，清洗后折叠整齐，压在枕头底下，以备替换。

晚上八点半，阿婆准时推开门，送来温水和药丸。药丸装在小瓷碟里，有白衣红帽的胶囊，金黄半透明的小圆珠子，还有做成彩色星星的硬丸。星星丸子很甜，咯嘣咯嘣满嘴乱蹦，最好吃的是蓝月亮，有酸草莓果酱的味道。金黄珠子腥味重，胶囊又容易粘住食管。阿婆守在床边，拍着我的背脊。我不知道自己得了什么病，但妈妈和张医生让我吃药，我就得吃。

我用胶囊和小珠子在枕头上拼搭图案：鱼和向日葵。七岁的生日礼物中，有一件是阿婆送的漂亮玻璃盒。我把小药丸一颗一颗攒起来。红的白的黄的，在太阳光下像一堆变成水的钻石。

岛上的艰苦生活中，快乐被记忆放大了。这里的夜晚跟涂了墨一样。黑暗有它自己的声音，像很多蛇咝咝地舔着空盘子。我左避右闪，生怕沾到黏稠的毒液。可那些红芯子总是躲不开。我蒙起头，把耳朵和脚塞进被窝。有时我想跳到隔壁的床上去，美佳有一个温暖的大胸脯。可她实在太丑了。我从被子里探出头，听着她的打鼾声，吐出一口浊气。

妈妈终于发现了我的秘密。玻璃盒被砸成好几爿，小屑末们飞溅出去，掉在地毯缝里。包庇我的阿婆被辞退了，卷起铺盖回了乡下。我把自己关进屋，整天泡在泪水里。每晚八点半，这个女人准时出现，非常有耐心地等我哭完，把药丸和水端到我面前，她一眼不眨地盯着我，直到我和着鼻涕眼泪，把十几粒药丸吞下去。一次我被胶囊噎住了，猛烈咳嗽，她在旁边冷冷地观察了两分多钟，直到确信我没有耍把戏，才跑出去喊人。第二天，她依然若无其事地递上瓷碟子，药丸一粒没少。等我吃完，她满意了，扭着屁股走出去。那双据说能塑身的高跟拖鞋，僵硬地击打着地板。"睡吧，宝贝"，她不会忘记留下这句慈爱的话，顺手把门关上。

29

　　七岁的一天最让人难忘。

　　那天下雨，张医生又来了，照例给我带来了棒棒糖和巧克力。他在门口的垫子上蹭掉脚底的泥，妈妈让我上楼睡觉。时间尚早，睡意全无。雨点敲击窗沿的声音扰人心烦，我蹑手蹑脚地下了楼梯，想找阿婆讲故事。斜穿客厅时，我被奇怪的声音吸引住了，像有人在打架，受伤了，哼哼唧唧地呻吟。楼里空荡荡、静悄悄，我害怕极了，推开妈妈的房门，于是在门缝里看到一只大手，搭在妈妈赤裸的屁股上。

　　我梦游一般地重新上楼，把自己锁在厕所中，呕吐了半个晚上。阿婆来给我喂药，找不着人，急得大叫。大人们聚到厕所外，拼命敲门，我用哭声回答他们。妈妈命令所有人回房，不用管我。她说我太娇气了，不能继续纵容我。

　　凌晨三四点，我筋疲力尽地出来。在楼梯转角处看到母亲的大照片，镶在镀金镜框里。她正走上铺红地毯的楼梯，突然回头对着照相机微笑。她的臀部被A字裙撑得圆滚滚的，左脚跨上一级台阶，右侧的轮廓就饱满地顶出来。

　　我躺回床上，决定发一个毒誓。我用枕巾蒙住嘴，小声说出誓言，再轻叫三声"神灵保佑"。

　　十七岁，我如愿拥有了一副平板身材：乳房小小的，髋部窄窄的。我穿大T恤，或者印有动物图案的儿童衫。大家都说，我像个长不大的小男孩。

30

张医生是国字脸，岛上的医生是尖脸，他有事没事就爱给人看病，大家都受过他的恩惠。他是唯一没在例会上挨批的人，干部对他的印象似乎也不坏。

来岛上没多久，医生主动提出给我做催眠，说是有助于稳定情绪——美佳曾向他透露我的喜怒无常。

"那场车祸让你受了刺激，况且又没适应这里的生活。"

医生让我躺在床上，详细询问了睡眠和饮食的情况。美佳在一旁抢着替我作答。医生查看我的舌苔，美佳也想看，但医生的肩膀遮挡了她的视线。

"还有一点营养不良。"医生面带习惯性的微笑。

他对美佳耳语了一句，美佳恋恋不舍地瞥我一眼，走了出去。

"对了，就这样，"医生转身对门外的人说，"你们最好去干自己的事，把门关上，别发出声音。"

叽叽喳喳顿时轻下去，门合拢时铁链咯吱了一声。

他回到我的床边，用明先生一般的语气道：

要多读书——

要放松——

我把脑袋的重力完全转移到枕头上，脖子轻松了很多。

放松，再放松——

医生把声音吹进我的耳朵，它们中的一些散逸开去，浮在半空像蓬松的棉絮。我的手脚渐渐酥软，头脑却清醒地意识到放松的过程。似乎波波在门后发出响动，美佳过去制止。医生用手覆住我的眼睛，将干扰挡在外面。

放松放松，放松放松。

放松的感觉是明亮的、暖色的，像晶莹的光线在毛衣卷起的小绒球上跳跃，还有愉快的气味，水果糖的芬芳，明亮的敞开的房门，暖日照射下的渐次温和。阿婆的手，阳台的风，丝瓜藤爬满阴凉的墙壁。乡下乡下去乡下，香甜的草，广阔的田野，奔跑的光脚丫，风在脸上摸来摸去。

放松放松，想象漂亮的颜色——

……一点一点挤出来，在黑白的世界里蕴成烟雾：嫩黄、粉紫、橘红、天蓝……缎子一样飘扬，轻而缓慢地拉长、触碰、重叠，彼此穿行而过。

好，放松，放松放松，好好，再放松。

明先生，我怕。

怕什么？没戴眼镜的明先生在微笑。

怕，怕我的身体。

身体是好的。

……身体是好的，它向更远更深处延伸，海藻、水母、热带鱼明亮的尾部……我裸露在阳光里，并不感觉羞耻，阳光在跳跃，皮肤是象牙色的，手臂是圆柱形的，大腿鳍一样摆动。水在身体里涨起来，阳光射进水底，我揽起一束，它们顺着指缝悄无声息地卷起，如同柔软的金色毛发。

是啊，美好。

明先生的声音变得急促。

明先生，你的嗓子怎么啦？

没怎么。

可是，谁在那儿谁在那儿？

我努力睁眼，怎么也睁不开。一双手把我扶起来。我是个大头娃娃，泡沫做成的四肢在一波波地漂浮。

起来起来快起来。干部的一声大叫，把我从梦中彻底拉了出来。

31

在被医生催眠之后，我的身体有了变化：皮肤亮了，屁股圆了，脊椎处凹陷出一条浅浅的沟。一天清晨醒来，忽然在乳头上摸到两小枚肿块，胸脯和后背也阵阵酸麻，仿佛肌肉正被什么东西拉伸着。

这是迟了整整十年的发育。被催眠的一瞬间，耻辱感被击破了，一个声音说，身体是好的。我顺着这声音舒展开去，它细腻而博大，愈往深处探索，就愈令我目眩神迷。胸脯如高昂的花腔，腹部似低旋的过门，曲线的每一处辗转，都像点缀了修饰音，不易察觉地微调着光泽，皮肤也跟随天气和心情，每天或缓或疾地变幻亮度。

岛上仅有的一面镜子在"小青"肚子里，巴掌那么大，摔坏后被美佳一片片粘起来，照出的世界支离破碎。我只能通过别人的形象来勾勒自己。我居然对美佳的身体产生了好奇，她喜欢在被子外面换衣服，象征性地背过身，刚巧让我看到完整的侧影。响亮的拍打之下，硅胶填塞的大乳房发出"啪啪"的声音。一次趁她不在，我悄悄研究了她的文胸，那两块缝在一起的布片，似乎还存留着乳房温湿的味道。

如果明先生看到现在的我，也许不会像以前那样，避免触碰我的身体。甚至，他还可能主动搂起我的腰，如同电影里的情人那般，吻一吻我鼓胀的胸部。

32

我突然对画画产生了兴趣。以前跟一位姓李的家庭教师学过美术，那是服从母亲的安排，眼下却完全为了自己。我向干部索求画笔和油漆，一番周折之后，得偿所愿，代价是被扣除三分之一的口粮。

我告诉美佳，要在屋后绘一幅很漂亮的图画。吃晚饭的一个多小时，是唯一的自由活动时间，我不再和大家聚餐，全力扑到创作中。

进展却很缓慢。有时波波缠着我玩，有时被打扫房间之类的琐事打断。更何况我技法生疏，工具又不称手（油漆廉价，画笔劣质，板结的油漆沾在粗糙的笔尖上，没用几次，毛就掉得差不多了）。最重要的是，以前学石膏和静物，现在要画阿婆的乡下，梦境里的天堂。

我画画停停，好不容易才完成一些局部：左下角两个人形，背景里一些山的影子，半空中几只扑闪的飞鸟，像在飞行，又似在缓缓坠落。

33

大概是因为那次例会我突发善心，大西北开始主动找我聊天。美佳劝我别理大西北，大西北劝我远离美佳。他的侧影有点像明先生，尤其是在琢磨重大计划而陷入沉思时。在他眼里，我还算是值得拯救的聪明人。他经常问："你不想改变吗？真的不想改变吗？"

我难以回答。随遇而安的病毒，已经在我身上发作，明先生却在远方召唤：来呀，来看我。

我偷偷查探过地形，岛的东北面离岸最近，隐约能见陆地的形状。一次在屋后涂鸦，发现岛外驶来一条小船，载着大米和青菜。船头摇桨的男人，应该是他们说的老余头。一段时间后，我观察到：他的运货小船停在禁林的岸边，一个月左右往岛上送一次东西。

我的查探工作秘密进行，被大西北逼得紧了，就随口敷衍："我不想被医生锁在床头，也不想整天孤零零地闷在家中。"

大西北大失所望，认定我在被他所鄙夷的"猪"们同化。他不再搭理我，低头看自己的脚趾，把一块小石子踢出去。

大西北不说话时是个温顺的家伙，一开口却高高在上。他是穷孩子，父亲早死，母亲改嫁，自小寄人篱下，高中时一念之差，偷东西坐了牢。

有时散着步，他猛地把我拉到屋后，轻声嘘道："他们来了，他们一直在找我，你和我在一起很不安全。"或者突然快跑起来："快快，你往那边，我往这边，分散他们的注意力。"

还有一次，他鬼鬼祟祟地告诉我，他发现了荒岛的秘密："这里原来是关押思想犯的，还做过刑场，看见没有，"冷不丁把一样白花花的东西递到我面前，"这是我的一个同志。"

是一块被漂洗干净了的扁平骨头，我吓得大叫。

"不要怕，这是人的骨头，就是肩上那块，"他硬把我的脸掰过来，正对住它，"看见没有，这里有个子弹孔，"果然一个圆孔，他把小指头插进去一截，正好卡住，"这是小刘的残骨，他在运动中挨了便衣的冷枪。坝边还有其他很多死人骨头，都是烈士啊！"

大西北不止一次提到他的运动和同志们。我说："这太好笑了，哪有什么运动，现在是太平盛世。"

"你不懂，他们搞信息封锁，而且，"他上上下下地打量我，"你们女人从不关心时事，全是井底之蛙。"

随即他稍稍变得温和："别生气，我并不仅仅针对你。"口气很像明先生。

这时我提出戴他的眼镜，他不会拒绝。八百度近视，外加散光。我有点晕乎，但躲在镜片后面，可以想象从明先生的眼睛看出去，世界是个什么样子。

34

　　相处最愉快的还得数波波。作为同一场事故的幸存者，我们有天然的亲近感。波波找我玩，我从不拒绝。我说："来，波波，我教你唱歌。"然后和他向着堤坝一路小跑。开始我总是领先，不久他就比我快了。他正在发育长高，他将会是个棒小伙的。

　　　　小燕子，穿花衣，
　　　　年年春天来这里。
　　　　我问燕子为啥来，燕子说：
　　　　这里的春天最美丽。

　　傍晚的岛屿更加可爱，夕阳抚着背脊，我和波波被映成两个细长黝黑的皮影，横在金黄的田地上。柔软的沙土泥屑，或者小石子，钻进了脚趾缝。

　　到坝上得路过低地，那里的盐尚未铲完，秋天令人绝望的脚步已经踏近。阿发焦躁不安地打骂发婆。这个可怜的农民，一辈子的愿望就是种出一片好稻子。他在家乡的盐碱地上一无所获，被两个进城打工的儿子送入疯人院。在岛上，他守着被潮水淹没的土地，一次次牺牲自己和老伴的口粮，忍饥挨饿换来了秧苗和永远用不到的镰刀，他的农事计划里甚至还有一头牛。

眼下，白花花的盐粒已经嵌进干泥缝，封住了沙蟹们小小的洞穴。植物烧死了，动物迁走了，泥土变作泥沙，再碎成沙粒，枯草丛的疆界在扩大。阿发工余唯一能干的事，就是把不远处的粪便舀来，徒劳地浇在渐渐死去的地里。他说，要好好养地，明年开春从头来过。

我和波波穿过发臭发酸的粪堆，来到堤坝边。坝脚一条窄窄的阴地里长着些矮小的植物，锯齿状的草稀疏地低伏着，有些没过了脚背。一丛丛漏斗状冠的红花开得极艳，从美佳那里打听到，它的名字叫大花萱草。这些植物耐碱，又受坝石的庇护，才得以苟延残喘。堤坝的高度刚好到我的下巴，石头顺着纹路互相咬合，一些细微的坑坑洼洼。面向海水的小凹洞里积着白色盐粒，背海的一侧则是木耳般的黑垢，凸出部分被海水冲刷得干干净净。

堤坝最左边，石头堆得参差不齐，无形中形成一个石阶，可以顺着走上坝顶。

在挨了老金的揭发和干部的训斥之后，波波放弃了凿窗的企图。此刻他最大的愿望是在坝脚建立一个沙的王国。他指给我看最新成果，一座所谓的城堡，在两丛萱草间垒起一根沙柱，用胶水勉强固定住，削尖的木棍算是哥特式房顶。

爬上坝顶，波波沉浸在城堡带来的兴奋中，胳膊腿儿乱甩一气。太阳被黄昏凝成一个点，天空晕出层层的鲜艳：绛红、紫红、水红、粉红……垂挂在墨绿的海面上。

"漂……"波波努力想把音咬准。

"漂亮。是的，漂亮。很好，波波，别害羞，多练习。"

海水终究把天洗淡了，太阳带着她的颜色躲远了，波波的大脑袋上映着最后的一些光。

"你信不信，来这儿之前，我还没见过落日呢。城里都是高楼，什么也看不到。"

"好……好看。"波波鼓掌。

我搂住他。他的肩上全是骨头，家族遗传的"鸭蹼手"如一枚破损的蒲扇，在空气中欢舞。他的嘴里时而"咕噜噜"，时而"呜啦啦"，我前后摇摆，他也跟着摇摆，仿佛我们坐在一个巨大的摇篮里，即将不动声色地化入海水。

"波波，我教你唱歌。"

"怕……怕……"

"不怕，你一定学得会。"

波波跟着我唱，苦恼地咬着音，一字一句地重复，突然有了些调子的眉目："这里的春天最美丽……"

我笑了，他也笑，我的眼泪出来了。笑声被风送出很远，太阳真的不见了。

这时，例会的铃声响了。我们同时停住。

"回去吧。"

"怕……怕……"

"不怕……"

"很……很多很多舌……舌头。"波波大喊。

"是的，舌头们舔啊舔啊，吱吱乱响。"

黑夜是有舌头的。

妈妈说，这是幻听。

阿婆说，蓁蓁，静着呢，它们根本不存在。

他们说，你是疯子，你听见怪声音，你杀了人，还失去记忆。

现在我终于可以回答：我没疯，这是真的，波波可以做证。

第六章

35

　　岛居最痛苦的莫过于夜急。有人偷懒，晚上悄悄把大便拉在屋后，查出来是阿发，挨了好一顿罚。之后没人再敢违规，要屎要尿，都得穿过平地，走下西坡窄小的石阶，跌跌撞撞摸索到定点的排泄处。月光微黄，孤岛像个冰冷的舞台，每处阴影里都有眼睛在窥视。经历了几次自我惊吓，我养成晚饭后杜绝饮水的习惯。偶尔膀胱不合作，就静躺在床上，与尿意做艰苦斗争，实在支持不住，才叫醒美佳陪同前往。

　　但那天没能叫醒她。她做了错事，在例会上挨了批，劳动到后半夜才回屋。我起身时她刚入睡，一脸对睡眠的贪婪，再没什么能把她和枕头分开。我叫了两声，在她床边坐了一会儿，决定独自出门。屋外静极了，门链嘎吱一声，我从门缝里蹿出去，几乎是在狂奔，双腿轮换不过来，差点把自己绊倒。

突然发现不远处有个白衣人，也同时在奔跑。姿势那么奇怪：身体朝后倾，扭上几步就猛跳一下，仿佛要把身上看不见的重物颠掉。

我一紧张，尿意全消。那个影子回过脸来，我们互相凝视片刻，对方转身消失在东面的第一间房里。

渔女身体不适。今天上午美佳只是推了她一下，她就突然晕倒。美佳为此被罚，例会后继续劳动。医生说渔女是患了风寒，想搬进她屋里方便照顾，被赛先生一口回绝。下午我见过她一次，由医生扶着在附近走动，看起来面色尚好，还咯咯笑着和我打招呼。

"装呗。"我暗自撇嘴，这些男女间蝇营狗苟的鬼把戏。

黑夜中她却是另一副模样：脸惨白，眼煞红，两颊肌肉松懈着，五官随之下垂，塞满了倦怠。顺着她来的方向张望，月光消失在平地尽头，壮汉子的黑影正移动过来。

此人的背伤不久前痊愈，他始终没有自己的名字，只有一个"12"的编号，我们叫他"12号"。似乎干部也有点忌惮12号，只有阿乌比他高大，但阿乌是大象，12号却是豹子。时间长了，大家发现，其实他是个头脑简单的家伙，只要不被招惹到，就一个人安安静静待在角落里。例会时从不主动发言，顶多跟在大家后面举一下手，偶尔被叫到号，就"嗯"两声，干部渐渐不再点他的名。

他很快确认了，我就是在他背上扎过一刀的"坏女人"。只要我一出现，他就盯着我看，眼神平平的，像要穿透我的脑袋，把我钉在空气里。所以我刀不离身，并让美佳随时保护我。

现在这个男人正在缓缓逼近。因为尿急，我忘了拿刀，美佳正睡得不省人事。我止步屏息，看着这团越来越大的黑影。

他在我面前站住，我突然窒息了，脖子上多了一双手。我向后仰去，月色在眸子里缩成一个点。

"坏女人。"他一手抓住我乱甩的胳膊，一手死死箍住我的脖子。我的拳头落在他身上，他微微抖了抖，仿佛抖掉一些棉絮。

"放……"我的身体也变成了棉絮。

"坏女人，杀死你，杀死你。"

那一刻我以为自己死了，他的虎口忽然松了松。

"我死，你……也要死！"我拼了最后一口气，喊出这句话，舌根上泛出一股甜腻的血腥味。

他似乎听清了我的话，满脸疑惑。

"我死，他们也要你死！"我更清晰地重复一遍，手在空中虚弱地一画。

他继续出神，看起来蠢极了。

"我不是坏女人，她才是，她和你睡觉，还和别的男人睡觉。"

他的眼珠子一动不动，这时我才意识到，他不是因为我的威胁才放手的，他的注意力在别处。

我挣扎着把头扭过去，发现美佳站在那里，紧张地盯住12号，手里握着我的藏腰刀。12号的目光掠过美佳，停在渔女身上。渔女正虚弱地依偎着美佳，仿佛戳她一指头，就会倒下去。她肯定听见了我方才的辱骂，低头避开我的眼光。

渔女通风报信救了我，我却不愿意领情。倒是美佳，连着谢了好几次，还把加班换来的一盒胭脂送给她。美佳越发不让我单独外出，不得已分开时，就托付其他人照顾我。

"刀带好了没有？"她时常叮嘱。

我知道，即使我死了，美佳也拿12号没办法。我只有靠自己，我在耐心地等待机会。

36

已是秋末冬初，麻布袍开始抵挡不住疾风，单薄的被子也阻隔不了寒冷。感冒发烧在岛上肆虐一阵之后，我们终于盼到了棉衣裤和鞋子。这是个喜庆日，大家争相试穿，兴奋不已。

因为没有镜子，就把别人作为参照，互相比试。破旧的衣物大多不合体，好在还算厚实，太阔的袖管扎紧些，太长的腰身收短点，美观是其次，保暖最要紧。

晚饭时间，发婆突然惨叫着从屋里跑出来，在门口被板凳绊了一下，在岛旗边又被底座绊了一下。她左手抓着新发的冬袄，针线缠在干瘪的右手指上。

"怎么啦？"

"发生什么事了？"

"我……我……"发婆"我"了四五声，靠着旗杆往下滑，嘴巴如同金鱼一般开合，黄白的涎液流了一下巴。

大家纷纷跑出来，有的人还嚼着饭，口角沾着菜油。

"谁欺负你了？"医生示意周围人安静，他试图把发婆搀起来，可发婆总像泥鳅似的从他手里滑出去。

"再不说，干部要来了。"

"戒……戒指。"发婆有气无力地挤出两个字。

"干什么呢？"说曹操，曹操就到，"怎么吃饭吃得这么热闹？"

干部盯着发婆："你怎么啦？"

当晚的例会上，我们弄清了来龙去脉。来岛上时，发婆私藏了一枚金戒指，据说是祖传的，出嫁时老娘亲手给她戴上的。

"这么厚，这么粗，足金，还是镂花的。"发婆一边比画一边龇嘴。

她原先把戒指缝在麻布衣下摆的拷边中，这次换衫，本想悄悄转移进新袄子，谁知棉线用完了，她琢磨着拿蜡烛和人换，就把衣服放在桌上走出去。谁知回来时，门已经被风吹开，拆了一半的拷边里，戒指不翼而飞。

"回去看一下录像就成了，有摄像头照着呢。"干部说。

"可是，可是……俺怕戒指给拍到，把那两个黑洞眼儿蒙上了。"

"你——活该！"

"是俺不对，可俺真没别的法子。"

"好吧，我问你，你去和谁的东西？离开多长时间？"

"老金和医生住得近，但男人家未必有针线，俺就走到东边儿去，和美佳小莲她们换。谁知道……"

干部不耐烦地挥挥手，发婆噤了声，用手腕抹眼泪。大家都已换上冬装，只有她还是无袖的麻布衣。

"俺琢磨着老金的可能性大，"阿发说，"他和俺们有梁子，何况这贼骨头本来手脚就不净落。"

"你胡诌什么！"老金气得跳起来，"我当时正在渔女房里呢，还撞见了你的婆娘，我求她把我的袖管弄短些。不信你问她们！"

发婆不情愿地说："这倒是，美佳和小莲都不在屋里，正好在渔女家碰到这贼……碰到他。"

"没错。"渔女点点头，突然哇地呕吐起来。

"是流感！"医生紧张地说。

干部大喝道："坐下！"

赛太太怨毒地盯着医生看，赛先生有意无意地瞄了一眼他的老婆。

"嘿嘿，幸亏我有证人，不然跳进黄河也洗不清。谁知道什么破戒指，保不准是你俩瞎编出来害人的。"

"是啊，还有谁见过？谁能证明真有那枚戒指？"

"老发可以做证，那是我娘家陪过来的嫁妆。"

众人议论纷纷。干部批准医生陪渔女先去休息。大家又回到戒指的话题上。

"我见过，"美佳忽然大声说，"有一次集体洗澡，几个月前，记得吗？最热的那几天，热得没法干活了，干部同意我们洗澡，洗完后轮流洗衣服。我管后勤，所有衣服都是我浸泡的，我看见发婆的衣服湿掉后，拷边里面有个硬东西。不过，当时不知是什么，现在想想，那形状，那颜色，就是戒指。"美佳说得气喘吁吁，整段话一贯而下，流畅得像在读稿子。

"是吧，俺没说错吧。"发婆感激地看着美佳。

冷场了，气氛有点不知所措。

老金清清嗓子："大西北你当时在哪儿？"

"我在仓库里抄书。"

"谁看见？谁证明？"。

"没人看见，没人证明。"

"那么，就不排除你的可能。"赛先生说。

"笑话。"大西北翻了个白眼。

"看看你，什么态度！"干部拍拍椅子扶手。

"好吧，态度，"大西北举了一下手，"我有证明。"

"谁？"

"我自己。"

大家稀里哗啦笑开了。

"我当时抄书抄累了，正想望望窗外的远景，看见美佳出门朝西走，手里捏着草纸。过一会儿她回来了，又过了一会儿，发婆就杀猪一样叫了起来。"

"是不是，美佳？"大西北看着她，"发婆丢戒指之前，你是不是解手去了？"

美佳的脸涨得通红，说不出话。

"太过分了，"我说，"你这话在暗示什么？你当我们是傻瓜吗？"

"不许你说美佳，"发婆比谁都生气，"谁偷都不会是美佳偷。"

"注意，我没说是美佳偷的，"大西北对现场的骚动表露出不耐烦，"我的意思是，如果我看见美佳的举动属实，那么就说明，我当时确实是在仓库里。你们想想，我的房间在美佳西边，发婆房间又在我西边，中间隔了老金和医生。如果我跑出去偷戒指，怎能看见另一边的美佳在干什么？所以说我当时是在仓库里。"

美佳局促了一下，似被询问的目光蜇得有些难受："是的，我当时……肚子疼。"

大家面面相觑。总得有个嫌疑者吧，注意力又集中在空出的两张座位上。

"安顿病人也不需要这么久吧，该不是故意回避讨论？"

赛太太轻声哼了哼。我突然冒出个念头，心脏一阵狂跳。

"医生那当口在啥子地方？"

"我不记得他是从哪儿钻出来的。"

"那会不会……"

一阵短暂的沉默，大家各自暗中掂量，秤杆一头是平日里医生施予的小恩小惠，另一头则是找个替罪羊，尽快让自己摆脱干系。

"刚刚渔女呕吐，医生为什么紧张？"

"注意到没有，他几乎是一下子蹦起来的。"

"是哩，注意到哩。"

"不会是他！你们忘啦，平时医生对你们多么好，你们没证据，凭什么怀疑他？"赛太太大声说。

"3号，你的话不对，"干部摇头，"平时好不好，和偷不偷东西没关系。"

"不是医生。"我突然插嘴。

众人惊讶地朝我看，我的指缝里全是汗。

"不是医生，我知道是谁，我看见了，他走进发婆的屋子，又走出来。从时间上推算，肯定就是他。"

我用求助的眼神望着美佳。我的企图她一定猜得到，我握住她的手，她却没有回握。

"美佳可以做证，是不是，美佳？当时我想去勤杂室加点饭，结果就看到了他，你正巧从另一个方向走来。我看见了你，也看见了他；他一定也看见了我，也看见了你，你……"

"是的，我也看见你出去了。"大西北打断我。

我瞅了大西北一眼，大家跟着把头转向他，只有美佳还盯着我看。我又握紧她的手，这次她回握了。我近乎哀求，眼泪都快出来了。这时，发婆突然瞄了我一眼，目光定住了，从猜测变成怀疑，满脸阴云压将过来，像要把我整个覆住。

"……小莲比美佳先出去，她手里确实拿了一只碗。"大西北说。

"那么，你说的'他'到底是谁？"干部问。

"就是——"我轻咳了一下，"——他！"

我猛地指住12号。

12号本来一副事不关己的模样，蜷在最靠墙的椅子上。所有人都转过来看他，他用小手指钩了一下衣襟上脱落的线脚。

"是的，我也看见了，是他。"美佳帮腔道。她把手从我掌心里抽出去。

12号盯住我，一股可怕的力量在他眼睛里积蓄。

"是他，快抓住他，他要杀了我了！"

12号怒吼着扑过来。我闭起眼睛，僵直四肢，却发现他并未扑到我身上。睁眼一看，阿乌已死死拦住他，很快将他逼进屋角，其他人纷纷离座，美佳搂住我，我从她胳膊的缝隙朝外望。12号低吼着胡抡乱打，阿乌挨了好几下，仍把他死死顶在屋角里。12号的一条手臂和大半个脑袋从阿乌的肩膀旁艰难地露出来。他握紧那只能够动弹的拳头，往阿乌背上砸，阿乌卡住他的脖子，12号顺势在他肩头咬了一口。

干部站在屋子中央，用枪对着屋角，反复瞄准。12号终于脱身，还没蹿出多远，被阿乌拽着胳膊，一把拉回，一记棉衣的撕裂声。阿乌拎起他往墙上猛砸，12号嗷嗷乱叫，想反手扣住阿乌的脖子，一下，两下，终于成功。

12号黏在阿乌身上，阿乌捂着肚子蹲下去，12号半裸的上身褪出来，恶狠狠地往阿乌下身又补了一脚，阿乌瘫倒在地。12号将目光喷向我，紧绷的肌肉如一把正在拉满的弓。

这时，枪声响了。12号脑门正中开出一大摊血，射线状地飞溅到墙上。他直愣愣地瞧着血从额头流下来，眨巴一下眼睛，缓慢而笔直地扑向地面。

美佳抱紧我："别怕，别看。乖，小莲，我的小莲，乖。"

在一股恶臭之中，我再次睁开眼，12号已被裹进一条床单，卷成一卷。阿乌将他一点一点地拖出去，途经处留下淡红的拖痕，粘着一团团发黑的灰尘。死者掉了一只鞋，一粒浅白色的小石子嵌在脏脚掌里，张开的五只指头消失于门外的黑暗中。

"那么戒、戒指，俺那戒指呢？人崩了，东西总还在吧。"

"着急什么，"干部冷笑一声，"只关心你那破玩意儿。"

干部让我们留在会议室，由赛太太临时维持秩序，他亲自带赛先生去12号屋子里搜。

"发生什么了？"医生听到枪声后匆忙赶来，冷不丁发现自己正站在一道血印子上，吓得往后一跳。

阿乌进来，把染着血迹的棉衣裤扔给发婆，将遗落在屋里的那只鞋踢到她脚下，转身出去，把另一只也捡回来。发婆已经说不出话，半条鼻涕挂在起皱的鼻尖上，都顾不得擦。大家帮着把衣裤鞋子统统拆开，除了一堆棉花，什么都没发现。

干部和赛先生也回来了，同样一无所获。

"东西，东西咋没了？"发婆突然恶狠狠地瞪着我，"你说，你藏哪旮旯啦？"

"什么，你在说什么？"

"俺知道你这小妮子不地道，坏着呢，冤枉人家偷东西，肯定是你拿的，我见你朝美佳飘眼风来着！"

"别乱说！"我和美佳同时叫起来。

"如果你们不相信，就搜我吧。我还是那句话，是12号偷的，就是他偷的。"

干部命令大家回房睡觉，但谁能睡得着？发婆执意要参与搜查，我和美佳的屋子被弄得一团糟。

"别再瞎费神啦，如果是我藏的，摄像头还能看不到？"

发婆不予理睬，把枕头拆开，手伸进枕芯乱掏一气。这是最后一件能拆开的东西。垫席、被单、褥子都被撕烂了。眼看搜不着，发婆伺机泄愤。

我恨不得掴她两耳光："捉奸捉双，捉贼捉赃，这下看你有什么话好讲！"

"闭嘴！你们这些歇斯底里的女人！"干部向发婆下命令，"走！"

"那其他人呢？帮帮忙，搜一下吧！"发婆跪在地上，死拖住干部的腿，"那只戒指是足金的，俺娘就留下这么一件像样东西。"

"去你妈的，什么破戒指，耗了老子这么长时间！"干部朝她头发里啐了口唾沫，"事情到此为止！"

整理完房间已是下半夜，美佳举着蜡烛在屋里走动，光线照出她半个胸部的轮廓。

"早点睡吧，小莲。"她把蜡烛伸到我面前，我往被子里一钻，心虚地回避她的眼神。

黎明捏着小碎步，一脚脚地从东头挪过西头，冰凉的空气里蛰伏着不安稳的东西。

"小莲……"

"嗯？"

"我们……为什么要这样呢。"美佳带着哭腔，把头蒙进被子。

"我……我以为最多关他禁闭……我只想稍微报复一下。"

美佳不说话。

"不值得，美佳，他是个该死的人，为了他，不值得。"

37

被子的边角在漏风，睡意时远时近。后脑勺咚咚乱响，外界的各种小声音拼命挤进我的耳朵。脑门正中忽然一痒，一朵红花钻出来，花瓣的颜色浓得盛不住，就顺着额头一滴滴往下淌。我想去舔，一条长长的芯子从嘴里蹿了出来。

我兀自一惊，发现脚露在外面，身体早已冻僵。我披衣起床，看见了墙角的画笔，便恍恍惚惚地走过去。等到完全清醒，发现自己正站在屋后。清晨的熹微中，红油漆顺着开叉的笔端流至指间。

"这画的什么呀？"美佳懵懂着眼睛，跟了过来。

"看不出吗？我画的是人。"

两个人形占据了半面墙。它们没有五官，脑袋尖细，四肢纠缠着像在拥抱。右边那人探出一条无精打采的手臂，两根游丝般的手指钳着一朵红花。一只黑色的小虫被粘在花瓣里，我伸手一摁，它停止了扑腾。

"恶心。"美佳说。

屋后不远处就是峭壁，海水一上一下，像有双巨大的脚在攀爬石崖。

"美佳，我要跳下去了！"我神经质地大笑，没等她反应，就纵身一跃。

"快回来……救命啊——"

冰冷的海水让头脑降了温，我想起自己不会游泳，奋力向岸边挣扎。平地高出海面不多，我跳得又不远。脚底很快触到了泥沙，我站稳身子，海水刚没过肩膀。崖壁上探出几只脑袋，赛先生、阿发、大西北，还有渔女，他们正看着我傻笑。一个疯狂的念头突然把我点亮，海浪从背后涌过来，将我往岸上轻轻一推。

"有了，美佳，有了。"我大笑，不小心呛了一口海水。

明先生，我马上可以来看你了。

38

晚饭时间，屋后的画面惨遭涂改，两个人形被分别添上乳房和阴茎，一摸一手炭灰。

"老金，肯定是你干的!"我把染黑的指头伸给他看，"这种做木工的东西，不是你又是谁?"

大家凑过来指指点点，嘻嘻哈哈。

"这么恶心的东西，改了又怎样?"老金白了我一眼。

"小莲，你画的是什么啊?"

"人。"

"哈哈，我看更像章鱼。"

"拧来拧去的像虫子。"

"是蛔虫。"

哄笑里夹杂着啧啧的咂嘴声。

我盯着画面看，它确实如鼻涕一般恶心。

"我看还是抹掉吧。"美佳说。

"要不干脆新刷一遍，弄得漂亮些。"医生提议。

"好啊好啊，可以画蓝天白云，小莲你最喜欢的。"美佳附和。

"屋子里面也可以弄一弄。"

"我看漆成蓝的不错。"

"还是嫩黄好看。"

"要不天花板是蓝的，墙壁是嫩黄的。"

"这点油漆，哪够用啊。"老金泼冷水。

"大家用口粮换呗。"

人群立刻静下来。

"怎么，你们不肯帮忙吗？"美佳一脸失望，"议论得这么高兴，还以为都是热心人呢。"

"这是你们的房子，跟我有什么关系。大家也就瞎起哄。吃饭干活都来不及，有这闲工夫倒腾？"老金说。

"房子弄漂亮了，你看着也心情愉快啊。"美佳说。

"我就喜欢看灰扑扑的房子。"

医生出来打圆场："我说句实在话，大家帮个忙、添个手，也不会浪费多少时间。油漆的花费也不大，每人每天少吃一口饭，时间长了就能积少成多。"

波波第一个举手："好，好。"

医生说话中肯，又有波波带头，大家陆续表示同意，最后老金也勉强答应。

缺油水的肠胃特别敏感，少一口饭就整天感觉肚子饿。美佳最耐饥，除了减去饭量，连菜都省了，把沾了油的勺子在白饭上一抹、一拌，凑合着下肚。在天气尚未大寒时，我们换来了四五桶油漆和三把大小不一的刷子。

"我看，得先把后面那幅丑画涂掉。"

老金用绿油漆将后墙刷了一遍，第二天颜色一干，两个人形又淡淡地显出来。蓝油漆再刷一遍，还是隐约可见。

"别浪费涂料了。"医生取来他屋里装饰墙壁的彩页插图一糊，终于把它们镇在下面。

先从内墙下手。劣质油漆结成一块块的，有的地方半湿，有的已开始干裂。但劳动者的情绪丝毫未受影响。医生、美佳和老金头戴纸帽，身披纸围兜，只用了一天的工余时间，就把四壁粉刷一新。

天花板比较麻烦，美佳贡献出勤杂室的大拖把，渔女在我和美佳的床位上铺好报纸。美佳粗手粗脚，油漆顺着墙壁往下淌。

"瞧我笨的。"她愧疚道。

"没问题，乱糟糟的才像个家。"

天花板眼看涂满了，大家仰着脖子，转动脑袋。一滴油漆滴到波波张大的嘴里，众人哈哈大笑。

波波主动提出要画外墙，医生有点不放心，但还是同意了。每天劳动一结束，波波就跑来画画，粗麻布蘸了油漆，往墙上一笔一画地涂抹。美佳怕他够不着高处，时常帮忙将他托起来。五天之后完工，大家吃了一惊：红的花、绿的草、黄的地、蓝的溪。花有三个瓣，流水是五线谱，粉嫩的大太阳露着半张笑眯眯的脸。

我回忆起阿婆的话，她说她会在乡下养老，她有两个儿子，三十亩地。她说，蓁蓁，你也来玩，闻闻新鲜空气。她有一把竹摇椅，夏夜里可以边乘凉边看星星。

"还应该有蓝色的天空。"美佳说。

"是啊，屋顶漆成蓝色就好了。"

"可惜没有梯子，只能找人来帮忙。"

"求那傻大个儿？切！"老金啐了一口。

阿乌在岛的另一头，正好奇地瞧着我们。无事可干的他，整日坐在一只随时会散架的小板凳上，两手直直垂到地面，拨弄两下地上的石子，或者专心致志地搓着指头上的泥。

老金有时逗弄他："嘿，傻大个儿！"然后扔一块石子过去。阿乌半蹲起身，伸手够到那石子，在掌心里津津有味地把玩半天。我们取笑他，他不明就里，跟着我们嘿嘿傻笑。

"我看他肯定愿意帮忙，他平时看小莲的眼神……"

"住嘴！"我又气又羞。

大家反而乐了。

"对对，就去找他，他人不坏，或许愿意帮忙。"美佳说。

大家不管三七二十一，硬把我往阿乌家拉。阿乌远远见我们过去，赶忙站起身，因为用力过猛，身下的小板凳被掀翻出去。他也不管，呆呆盯着我看，同时习惯性地搓着他的脏手。大家把我往阿乌门前一推，嘻嘻哈哈地闪开。

"这样，是这样的。"我指指远处的房子，拈一下手背沾的油漆，又对着阿乌的屋顶一通比画。他咧着嘴笑起来。我不管他搞懂没有，红着脸往回跑。阿乌紧跟过来。

他左脚踏住窗沿，右腿一蹬，上了房顶，小小的拖把被舞得布条乱飞。没一会儿，一个蔚蓝的天空把红花绿叶照亮了。

"童……童话屋。"波波拍着手大笑。

"童话屋？哈哈，这名字好听。"

大家鼓起掌来。医生突然打断掌声："静一静，我有话要说。"

众人停下来，看着他。医生穿出人群，站在几米之外，清清嗓子说："我们克服困难，装修出一座漂亮的房子。这是我们集体合作的第一件事，你们可以发现，要做成一件事，其实并不困难……"

大家面面相觑，搞不懂他为何说这些不相干的话。

"……所以，团结很重要，有一个受人信任的领导也很重要。"

我瞥了一眼美佳，她正在重重地点头。医生努力保持语调平缓，却掩饰不了那些小小的颤音。

在粉刷屋子的过程中，我注意到他事事爱拿主意，还喜欢支使别人，别人稍有异议他就不高兴。美佳却不以为意："总得有人指挥吧，医生威信高，当然听他的。"

39

这是最愉快的一夜。例会散后，大伙纷纷拐到我们屋前，摸摸油漆干了没，或者就着月光欣赏一番。要不是慑于干部，还真舍不得回房呢。我和美佳拿出小半袋牛油饼干犒劳大家，老金破天荒地开启了一瓶珍藏多日的汽水酒。这些奢侈品是加班劳动攒出来的。

"别喝太多，抿一抿就可以了。"老金心疼地看着他的酒，在一双双干渴的嘴唇间传递。等最后一人尝完，他将瓶子一把夺回，剩下的半瓶一饮而尽。

空气里有油漆新鲜的芬芳，海风特别柔和。站在窗口看，他们被月光照成一个个蓝色的影子，哼着小调，踩着微醺的步子，往各自家中归去。我突然心神不宁。

仿佛得了预感，半夜里我猛然惊醒。窗外有轻微响动，停了片刻，又是一下。有人走过窗前，有硬物撞击声，像被故意压制着，听来反显诡秘。

"谁？"

屋外的人停止动作。我屏住呼吸，拉紧被角，侧耳细听。过了一会儿，鬼鬼祟祟的声音又起了。一股粪臭扑鼻而来，我跳下床，冲出去，一眼瞧见发婆鬼魅的身影，她正将什么东西往墙上浇。

"瞧你还乐，偷了人家的戒指，乐啊你，俺叫你乐！"她披头散发像个疯子，被我发现后，更是加紧手头的动作。

我朝她扑过去，她用粪勺一挡，我身上立刻溅到粪汁。

"嘿嘿，熏死你了吧！"

发婆挥舞那把臭烘烘的勺子，时而冲我乱戳乱晃，时而舀了粪继续往墙上泼。我往后退了半步，瞅准一个空，皱起鼻子，闭上眼睛，猛闯过去。粪勺被我一胳膊架飞，发婆被我扑倒在身下。我拼命抽她耳光，把衣服上沾染的粪迹往她脸上抹。她也不示弱，拳头乱挥，我的面颊被她的长指甲擦到，我用指甲剜回她，还把她的脸往扁里挤，她抓住我的手，并用另一只手将我的脑袋往外推。

"老太婆，变态，你去死！"我捏紧拳头砸下去，发婆一声惨叫。

"小莲，快住手！"美佳出来拉我。

"你们在干什么？"大西北也被惊动。

"我要打她，我要打她！你们看她做了什么！"

不用看，鼻子早就闻出了端倪。大西北用袖管捂住口鼻，踢了一脚翻倒在地的粪桶："太不像话了。"粪桶咕噜噜地滚了几下，又是一股恶臭。

"小莲，别打啦，算啦！"美佳将我拽开。阿发想把发婆从地上拖起来，疯娘儿们赖着不肯动："老头子哎，看哪，看俺的眼睛！"她捂住青眼窝。

大家都跑了出来。干部平息了混乱。新屋子被浇得乱七八糟，红太阳上的一大坨粪，正黏黏地往下滑。波波伤心地哭起来，渔女轻声安慰他。

大家在原地开了个简短的例会，发婆被勒令清洁粪迹，我俩各罚饿一天肚子，克扣一个月的生活用品。

"这不公平，我只是自卫。"

"自卫？这是活该！谁让你们把屋子涂得花里胡哨的？"

"这不是我一个人干的，更不是我的主意。"我感觉委屈，想再狡辩，一眼瞥见大家的不满，只得乖乖闭嘴。

第七章

40

　　屋墙用海水反复清洗后，又遭遇几场不大不小的雨。新漆很快剥落了，露出灰灰的旧色，两个人形又显出来，指间拈着的那朵红花，重见天日后更显娇艳。

　　"我早说了，吃饭干活都来不及，白花那么多本钱和气力。"老金又在唠叨。

　　"难道你没有收获吗？"医生斥责，"大家有共同目标，齐心协力，本身就意义非凡。"

　　"我不觉得。"老金嘴硬，声音却虚了下去。

　　"这是因为你太自私了。"医生突然拔高调门。

　　大家目瞪口呆。

"的确有些反常，"连美佳都察觉了，"医生的脾气本来挺好的，是不是发婆泼粪的事情让他受打击了。"

"蠢材，大概在你眼里，连干部都是好人吧！"我说。

饿肚子的滋味不好受，肠胃一停工，其他零件也闹起了别扭。我躺在床上越想越气，要到阿发地里报复一下，被美佳阻止了。

"那个疯婆娘这样欺负人，你还护着他们？"

"人无完人嘛，原谅人家算啦。"

"别和我说大道理，跟真的似的。做人像你这样，未免太吃亏了吧？"

美佳微微一笑。我只能看她面子，按捺自己。更气人的是，阿发的田地真的越养越好了：坚持不停地除盐和浇粪，加上几场及时雨，那地居然慢慢松软，钻出些新鲜的野草。阿发一顺心，腿脚敏捷很多，他反复盘算着明年开春的播种。

波波建在坝脚的沙土王国妨碍了他。

"呦，小子，俺在干正经事哩，种地，懂不？咋这么调皮？窝这里做啥哩？"

波波不搭理他，他的婆娘毁了童话屋。

"和你说话哩。"

波波仍不理，继续埋头玩泥沙。现在已经有了城堡和护城河，还有一座细细的吊桥。他正忙着给他的皇后造宫殿。波波告诉我，那是全世界最美丽的皇后。

阿发暴怒："狗崽子！"一脚踢飞美丽皇后的宫殿，看毁坏得不够，又补踩了一脚。

"你……哇……"

阿发指着号啕大哭的波波，挤眉弄眼地乐开了。

波波难过了没几天，突然又沉浸到新的兴奋中。这次他的乐趣是：种花。他神秘兮兮地给我看一样东西，说是在修建宫殿时挖到的。

一只完整的头骨，看大小应该是个十岁以内的孩子。两只黑眼洞正对着我，呈微微下斜的椭圆，仿佛血肉化没了，骨头还要保持愁苦的表情。

"死人？不吉利吧？"我像被烫了一下手，急忙把它塞回给波波。

"泥……泥……花……"波波兴奋地比画，他要盛一抔泥土，浇些许淡水。

冬天的脚步压得花都谢了，即使是花期长、生命力强的大花萱草，热闹的红瓣瓣也蔫了一大半。波波在一丛开败了的花里发现一枝极小的花骨朵，顺着主茎将它剪下，插在头骨的泥里。

我惊讶道："种花得连根种，你这样怎么成？何况冬天要到了，这苞怕是开不出的。"

"招（浇）、招水，泥，放、放在屋至（子）里。"波波表情倔强，他总是被突如其来的热情搞昏了头。

41

冬天真的来了。持续两天的寒流，冻死了坝脚最后一株花，半黄的枯草东倒西歪。康船长派人从岛外给我们运来棉被。棉被太薄太短，油腻腻的被面怎么都焐不暖身子。

"为什么赛先生有两条，我们每人只有一条？"老金突然发现。

"我和我爱人一起盖。"

"赛太太也领了一条，你俩就有三条。"

"那是小莲和发婆挨了罚，她们没有棉被。"

"她们挨罚是她们的事，轮不到你来拿好处。"医生得理不饶人，大家纷纷赞同。

"因为我是1号。"赛先生语气傲慢。

"1号又咋啦？"阿发光火了，他无法想象和婆娘缩在一小条棉被里，"1号也是咱选出来的，而且这里还讲不讲……"他在琢磨词。

"规矩。"渔女接口。

"对，规矩。"

"规矩是人定的，"干部突然出现，看了一眼地上横七竖八的棉被，"你们的待遇够好了，想想外面有多少人冻死。哼，还耍脾气！"

大家低头不敢吱声。

"就这么定了，1号拿两条被，其他每人一条，6号和9号没有。"

赛先生捧起摞得高高的被子，跟在干部身后，骄傲地走出工作棚。我们原地不动，气鼓鼓地望着他。

"没事的，小莲，"美佳安慰我，"合盖我的被子吧，两个人睡比一个人更暖和耶。"

"我不习惯和人睡。"

"睡睡会习惯的。"

"就是不要。"

"怎么了小莲，别生气，我只是提议而已。你大概是不想和我
睡吧。"

我不说话，她偏了偏脑袋，勉强挤出半个笑容。

42

冷空气在后半夜发起威来。迷糊中感觉到冷，身体在单被里蜷成
一团。我念咒：阳光，阳光。跟着这声音，就走入另一间屋子。

很多衣着光鲜的人在谈笑。我抓了一把腿边的衣摆，摸不出是麻
布还是棉料，不禁有些忐忑，好在没人注意我，大家都在说话，微笑
着，握着手，举起酒杯。

这是我家的客厅，一个盛大的宴会，他们是妈妈所谓的上流社会
的朋友。我突然渴望认出这些面孔。我在人群中迟钝地挤动，有人不
耐烦地瞥我一眼，咕哝两句，我红着脸向前，终于发现一个熟人。

明先生，我喊。

他回过脸来，把陌生的面部轮廓完全展露给我。

对不起，认错人了。

是我。他笑起来，笑容又变得熟悉。你看看，再仔细看。

我仔细看。他的五官不停变化，下巴似乎是尖的，可又慢慢拉
宽，眼神似笑非笑，头发把眉毛遮住了。

噢，是的，是你，明先生。

那么你是……他有些迟疑，忽然捂住胸口倒下去。

你怎么啦？我慌忙去扶，感觉这场景似曾相识。

所有人都蓦地转过脸，像对正在发生的事情表示惊讶，但马上又转回去，继续谈笑。

蓁蓁，你不是要来看我吗？他已经伏在地上，像一张皮。

我死了。他说。

美佳推醒我时，我的枕头湿了一大片。她在黑暗里摸到我的脸，用指肚把滑下的眼泪抹干。我抓住她的手，她转身到自己床上把棉被拿来，替我盖上，然后小心地掀开被角，钻进被窝。

"别怕，有我呢。"

她的身体带来热气，我菟丝子一般地盘住她。她敞开胸怀裹住我，像只宽大的容器。我竟有恍惚的错觉，以为躺在男人的怀里。她用脸蹭我的脸，还不时歪过脖颈来轻吻我一下。与她紧贴的皮肤一跳一跳地发烫，我突然脸热了。

"告诉我，你梦见什么了？"

"我梦见回家了，那儿太陌生了，但我知道，那就是我的家。"

"有时我也很想家。"

"我还梦见明先生，他倒在地上，说自己死了。"

美佳和我都不说话。

过了一会儿，我问："干部在例会上老说我杀了明先生明太太，你认为是真的吗？我不相信，可为什么反复做梦，梦见他们死了？"

"因为干部常常暗示你，你想多了，就梦到了。"

"也许吧，"我有点透不过气，微微挣开她紧搂的手，"我总想回去看看。第一天例会后，我就对自己说，一定要回去，把话都问清楚。"

"傻瓜，我们不知什么时候能离开呢，也许，"她顿了顿，"一辈子都不能离开。"

"但其实……"

"其实什么？"

我犹豫了一下，决定告诉美佳。我把头蒙到被子里，让她也蒙进来，然后压低声音道："其实我早想过了，我一定能逃跑的，这只是个时间问题。"

"小莲……"

"嘘，小心，有人听着呢。"我捂住她的嘴，"上次我跳到海里，发现沿岛的水并不深，有一个很平缓的斜坡。禁林里有船，我需要做的，只是弄到那只船。电网是唯一的阻碍，可是，海并不深，美佳，"我在被子里看着她，她呼吸急促，"我可以在电网前下水，从水里绕过去，然后上岸。因为电网拦着，船肯定不会有人看守。只要弄到船，就能逃出去。"

"可你不会游泳，万一淹死怎么办？"

"不会淹死，水浅着呢。"

"水这么冷，你的衣服一湿，会生病的。"

"这是小问题，如果能逃出去，生一万次病也值。"

"即使到了陆地，你也不认识路。我们根本不知道这是哪儿。"

"有陆地就有路，有路就有车，有车就有人，有人就有解决的办法。"

"这样太危险了，禁林我们谁都没去过，万一有别的……"

"所以我琢磨了很久，没有贸然行动。但是，美佳，我等不及了，刚才的梦把我吓坏了。如果再不知道明先生的消息，我会疯掉的。更何况，这岛上简直没法待，那两个种庄稼的老不死，总是和我作对。这儿的冬天也太冷，没棉被能挨过去吗？与其冻死，不如冒险。"

"棉被可以再想办法，干部不至于眼睁睁看着你冻死。况且我有棉被呢，大不了我们换着盖。"

"不，"我在外面迅速换了一口气，重新回到被子里，"这些不重要，当务之急是把事情弄清楚。干部例会时胡诌的话，万一是真的呢？我始终无法解释，为什么妈妈要给我开假证明。当然，我相信我是正常人，我怎么会是疯子呢，这是我的手，我的鼻子，我在呼吸，在思考，难道我能怀疑一切都是歪曲的吗？我理智得很，他们都说我是聪明孩子。

"但我确实无法解释那个下午。明先生和明太太肯定吵架了，我知道是为了我。可接下来发生了什么，我一点印象都没有。即使不是我杀了人，那明先生还好吗？他有很严重的心脏病，现在康复了吗？他和明太太离婚了吗？或者他屈服于压力，与我断绝关系了。唉，我在这里待了这么久，也许他把我忘了呢。我得赶紧回去。哪怕他不想再见我，只要他还好好的，我也能放心。不，他不会不见我，他喜欢我的，他说我年轻漂亮又聪明。美佳，你也说过的，我是个惹人爱的好女孩。"

美佳不说话，我怀疑她睡着了。

"美佳。"

"嗯，没事，我听着呢，只是……突然头疼。"

"怎么啦？哪里？"

"没事，不是第一次了，忍忍就好了。"

我们慢慢把头探出来。外面冷极了。美佳深吸了一口气："好了，突然又不疼了。"

"我不想让你走，"她凑到我耳边轻语，"你走了以后，我们也许再也见不着了。"

"怎么会呢，你可以来找我。"

"还是不想你走。小莲，我多喜欢你。"

"我也……喜欢你。"

她叹了一口气，沉思片刻。

"我累了，要睡了。"她松开搂我的手，转身背对着我。

43

第二天醒来，发现美佳正支着手臂凝视我，像在读一本令人费解却极具吸引力的书。

"小莲，你说的那些话，都是真的吗？"她伏到我身上，压低嗓门。

我想了想，回忆起来："也许吧。"

"我劝你还是趁早打消念头。"

"为什么要听你的？我非不打消。"

"小莲，不要赌气，你只是喜欢和我作对，是吗？"

"不，我是认真的，美佳。"

"可是，这太危险了，"她瞧了一眼摄像头，把脸压得更低，"待在岛上有什么不好？有我陪着你，还有波波和其他人。"

"不！"她越劝说，我越斩钉截铁。

晚饭时，美佳又问："你决定了吗？真的决定了吗？"

"是的，我决定了，你别再问了。"

美佳坐在床边看我收拾东西。一本书、一把刀、一面用胶水粘起来的碎镜子。我从枕头底下取出"小青"，它已被洗干净，压平整，缝补好。为了不引起监视器另一头的人注意，我开始整理床铺，假装是在大扫除。

"小莲，你衣服脏了，过来，我给你拍拍。"

我顺从地走过去。她轻捶我的背，捶着捶着，手往下走，经过腰臀，顺着大腿外侧抚摸。她的动作很慢，掌心渗着冷汗。我不动。

"小莲，你……是不是觉得我太粗了？"

"什么？"

"粗俗、粗笨、粗野……"

"不，不，哪里的话。"

"那么，我不够好？"

"哪里？你够好了，美佳，你是一个好人。我……喜欢你。"

"唉——"美佳意识到我在安慰她，又感激又失望，这声叹息在

128

矛盾的情感中上下打飘。

"不管怎么样，我喜……不，我爱你。"她突然双手一扑，从背后抱住我，眼泪一滴滴淌到我的发梢上。

"别这样，"我没能把她的手臂掰开，"以后你也离开这里了，就来看我吧。我去不了别的地方，要么在家，要么在青山医院。"

"唉，不知要等到什么时候呢。我的心快碎了。"

"别这样。"我终于挣脱了她的手，发现下巴痒痒的，原来有颗眼泪不知不觉爬下来。

美佳帮我把刀擦干净，书用塑料袋包了两三层，剩余的牛油饼干压成碎末，扎在一只袋子里，一一装进"小青"的肚子。接着又拿出两个大马夹袋，悄悄压在我枕头底下："晚上你把它们套在包外面，放心，这是装米的袋子，不漏水的。"

行李不多，美佳故意放慢动作，还是很快收拾完了。一看，时间尚早，落日的脚只跑到两床之间的地面上。我们默默对视了片刻。美佳忽然发现我脸上的泪迹，干后沾着黑乎乎的灰。她用指背将它们刮掉，把我抱起来，坐到床边。我任由她摆弄，身子横在她腿上，脑袋靠在她胸前，头顶支着她的下巴，脸蛋贴在她的乳沟里。我的身体像浸在流质中，不知不觉要融化了。她轻轻摇晃着我，像哄婴儿入睡。我的一条手臂被她硌住了，我不动，手臂就渐渐发麻，没了知觉，仿佛离我而去，化为她的一部分。

44

一直到例会解散，我们没再说过话。美佳在黑暗中走来走去，窗外，渔女和波波大声告别。然后就安静了。美佳开门，关门，衣服被夹在门缝里，又重新开关了一次。

"睡了吗？"她过来摸我的头发，把其中一缕小心地理顺。她蹲在床边端详我，我朝她笑。

"要不先在我床上躺一会儿？"她捻了一下我单薄的被子。我摇头。她回到自己床边。我听到压抑着的啜泣声，慢慢轻下去，突然又响起，渐轻渐响了几次，就再没动静。

终于，所有人都入睡了。我竖起耳朵，翻身，故意弄出点声音，仍是死一般的静。我缓缓地将被单展开，身体暴露在夜晚中，冰凉而刺激。我在枕底摸到那两只马夹袋，木板床突然嘎叽了一下。过了许久，我才继续行动，快速将马夹袋套在"小青"身上，袋子发出清脆的摩擦声。美佳叹了一口气，翻过身去，侧卧的背影起伏成光秃秃的山峦。我最后看了她一眼，把包带缠在脖子上，不知是书脊还是刀鞘，包的一角隔着棉衣顶了我一下。

镇定，再镇定。双手的大拇指互相绕着打圈，谁知越绕越紧张，左大腿猛地抽了两下筋。月光停在墙上，我盯着岛旗的影子看，旗帜从细杆子上扬起来，像个瘦子顶着一头很长的假发。咳咳，我在胡思乱想什么呀。集中精神，握紧拳头，吸气，胸部把包顶了起来。我把这口气一点一点地吐出来，同时将十根指头舒展开。

门板粗糙，很容易找到一个塞手指的地方。塞进去，用力朝里一掰。一串丰富的声响：铰链扭动，木门摩擦地面，风往门缝里呼呼地钻。

我去上厕所呢。我想好了借口。如果碰到什么人，我会揉着眼睛，假装一脸的睡不醒。手臂要高高抬起来，遮住胸前的"小青"。

门缝开得太小，我侧着身子挤出去。外面风很猛，把大团灰尘卷来卷去，我用脚趾顶着门，慢慢将它关回去。

石粒硌到趾缝里很不好受，我忘了穿鞋，不得不一步一停，将它们挤掉。没走多远，脚掌被冻得不灵活了，我咬咬牙，不再理会皮肤被石粒磨破的疼痛。

波波的屋子紧邻我和美佳的，门用一只小板凳顶着，但没顶牢，吱咯吹开一条小缝，又嘭地合上，如此反复。再过去是12号生前的住处，门大开，窗布早被扯碎，黑洞洞的屋里保不准跳出个鬼魂。我吓得快走两步。

别来，千万别来，我不是存心害你的。

他还是来了，听见没有，他的脚步声，他恨死我了，不肯放过我，我这个坏女人。我双脚打战，怎么都跑不起来了。

"喂，你。"赛先生压低声音，不想吵醒别人。

猛一回头，一张圆润的面孔，被月光照成了歌舞伎面具。

"我……我……"

他注意到了我胸前的包。

"我……去上、上、上厕所。"在心里排练了无数遍的托词，一出口却结结巴巴。

"上厕所拿着包干什么？"

"这里面是……草纸，"大脑稍稍恢复了思考能力，"还有，女人的东西。"

"解手处在西边，你往东边跑干吗？"

"我来叫波波，他连着尿了几天床。我答应晚上把他叫起来，先尿干净，就不会闯祸了。"

赛先生不说话，面无表情地看着我。

我硬着头皮往下编："天太黑，看不清，一走走到这间屋子来了。"我指指空房洞开的门。

"那你去叫他啊。"赛先生朝波波的屋子一努嘴。

在他目不转睛的注视下，我推开波波的门。波波正四仰八叉睡得香甜，被我硬生生叫醒，苦恼而迷糊地咕哝着。我拉起他，往外走。

"什、什么事？"

我死命捏他的手："别问。"

赛先生缓步回屋，边走边扭头瞧我们。

"朝前看，乖乖跟着我。"我拽紧波波的手。虽然目视前方，仍能感觉到，赛先生已经原地停住，不放心地监视着。

我在坡地上磨蹭了一会儿，波波真的撒了一泡很长的尿。我们往回走，他被风吹醒了，惊讶地看着我浑身打战，但又不敢多问。

把波波送走后，我也回了屋。推开门时，美佳弹簧一样地从床上蹦起来。

"刚才你和赛先生讲话，我都听到了。小莲，求求你了。"

"不!"

"求你了!"

"我下定决心的事,谁能改得了!"

我躺在床上等动静过去,美佳在被子里呜咽。

"我离不开你。"

"别肉麻啦,这世界,没有谁离不开谁的。"我正为刚才的失败懊恼着。

"小莲……"

"我说的是事实,你不要骗自己了。"

"可你不也离不开他吗?"

"别说这些,又不是写言情小说,真让人恶心。"

我重新跳下床。美佳苦闷地砸着枕头,身体扭作一堆。我不再理她,开门出去。对,就这样大大方方地走出去,我有手有脚还有刀,谁都拦不住,眼泪、拳头,什么都没用。我大步向前,反而不害怕了。宽大的棉裤腿在胯间绊来绊去,发出坚定的沙沙声。一切顺利极了,再次途经12号的空房,我不往里面看。过了渔女的房间,地势高起来。我往上爬。

这个土丘是全岛最高处,窄窄的一条,像是禁林的天然屏障。坡面并不陡峭,冻得发硬的泥土里,嵌着石头和枯死的草根。我踩了踩,脚底打滑,周围没有能借力的地方。只得将手指插入泥中,身体紧贴住坡面。"小青"在脖子上荡来荡去,有点碍事,我用嘴衔住它的一个角。

手脚并用地爬了几步,凸出的大石块多了起来。用脚尖寻着石块，踩稳，再跨出另一只脚。身体仍然半伏着，以便节省体力。终于看到坡顶了，伸出右手，还差一点，左脚找到一小块更靠上的石头，踏牢，往上一纵，身体的重心落到左侧，我再次伸出手。

突然，一个声音高呼："小莲逃跑啦，大家快来呀！"是美佳，边跑边喊，气喘吁吁。我的脑袋嗡了一下，右脚踩空，人往下滑。"啊——"我叉开手指，掰到一块石头，再次将重心稳住。"小青"从嘴里滑出去，包带子扯住脖颈晃了两晃，我忽地浑身一阵瘫软。

整个岛苏醒了，蜡烛被点起来，脚步声四面八方地响着。我咬了咬牙，僵直的肌肉略微放松，力气集中到左腿和右手上。最后一扑，右手终于够着坡顶的一块石头，腿再一用力，整个上半身总算伏到了平地。

就在这时，我的一只脚被人抓了个正着。

"下来。"干部气急败坏。

我用力一蹬，把他蹬开。禁林一片乌黑，一丝怪声音顺风飘过来。我朝坡那边滚下去，肩膀撞到一块大石头，整个人被弹飞。再次着地时一阵剧痛，几乎昏厥。身体在继续往下滚，一路磕磕碰碰。混乱中我看见了传说中的电网，几根铁丝松垮垮地耷拉着，前面插着块大木牌。在触上去的最后一刻，我的大腿擦到了木牌。上面的大字异常触目。

电。

第八章

45

黑。

我以为自己失明了。密密麻麻地痒，像浑身爬满虱子，被高烧一催，虱子往内脏深处钻。皮肤在腐烂，一个翻身，或轻微变换姿势，黏稠的脓水就渗出来。

疼痛重新激发了视觉。白的阳光透过窗帘变绿了，绿的阳光滤过床单成为淡淡的黄，淡黄的光照上眼皮，化出整世界透明的蓝。模糊中，美佳来抱我，她蓝蓝的脸显得美，嘴里的气息却不好闻。我拼命推开她："去，去。"美佳的脸远了。忽然我又想起什么，要拉她，一把抓了个空。很多只手将我的身体上下翻腾，睡意刚刚深一些，又马上被撕碎。

"离我远点，别管我。"

没人理睬，美佳和医生在很远处讲话。想听，耳朵却只胡乱捕捉到片段，无法组织起恰当的意义。

美佳在叹气，抚摸我的额头。冰凉的毛巾伸进被子，吸干皮肤上的脓水汗渍。她把我搂在怀里轻轻摇晃，低声哼着歌。

干部说，你是不要活了。他眼眶虚肿，像用红墨水勾了一圈边，故意把黑白模糊的眼球凸显出来。我想把注意力从这张脸上挪开。

明先生说，你发烧了，额头很烫。他戴着袖套，我坐在沙发上。

明先生，我终于回来了。

明先生在笑，你该走了，再不走，他们要来抓你了。

于是我走出去，发现自己并不留恋。书房的门在两米开外，把手的螺丝松动了，旋转时咯啦啦地响。锁的质量也不好，有时以为完全关上了，风一吹，虚掩的门又重新打开。

两米的路走了几十步，让人心焦。在伸手可及的距离里，门自己开了。屋外很多快速移动的人，仿佛都在奔赴即将迟到的约会。突然，其中的一个慢下来，转身朝我看。娃娃脸，单眼皮，最流行的男式童花头。

段仔，太巧了，你怎么会在这里。

你逃出来啦？他走近我。

什么？这是我一个朋友的家。

别装蒜，我指的不是这个。哼，你他妈的胆子太大了，偷偷从青山跑出来，还好意思光天化日地招摇。

他从腰里掏出枪指着我，温和的丹凤眼瞪得又圆又鼓，仿佛射向我的不是子弹，而是这对疾恶如仇的眼珠子。

枪声持续了相当长时间，在缓慢消失的余音中，我动了一下手指，它们在那儿，然后迟钝地思考，身体的每个部分都在吗？手下意识地探向胸口，摸到小而鼓胀的乳房，突然完全清醒了，慢慢地抬起眼皮。

我居然活着。

46

电网并没有电，扑上去后，我被安然无恙地反弹到地面。干部和赛先生正向我跑来，由于是下坡，他们不得不控制重心，一小步一小步地往下挪。我忍痛站起身，从电网的空隙里钻过去。"小青"不安分地往后一甩，卡在两根铁丝间。拼命拉，越拉越死。阿乌忽然从坡顶露出半个头。我贴着电网转过身，将一条铁丝掰开，一扯，"小青"被拉了出来。

禁林的泥地很松软，踩上去有微陷的感觉。树木高直，柔和的枝条轻轻剐蹭到我，又迅速弹开。

这时，不远处出现一个人影，他站在两树之间，一手搭住树干，身体微微倾斜。一眨眼那人又不见了。我再也跑不动，腿软绵绵地被绊倒好几次，此刻几乎手脚并用，半爬半跑。

手电光从各个方向围过来，把我汇聚成焦点。一只大罩子当头套下，"小青"的带子一紧，我差点闭过气去。臭烘烘的布片塞进嘴里，几只手同时将我举起来。

抬我的人一高一矮，我被这边颠颠、那里晃晃，好几次撞到硬物，胃酸连连上涌。突然有人来掀头罩。我发现自己已进入干部的屋子，正被抬着穿过治疗室的小门。

"老余头，看什么看！"干部埋怨。

掀头罩的人瞄我一眼，仍把罩子搭回去。老余头皮肤灰黄，头发中分，穿劣质的长袖白衬衫，卷起的袖口处露着一截精干有力的手腕。

我被重重摔在地上，万千根针戳进脊椎骨。

"你们都出去吧。阿乌——"干部喊。

头罩被取走了，阿乌同情地看着我。干部冲着阿乌连比画带嚷嚷，阿乌按吩咐摁住我的四肢，他的目光里甚至添了忧伤。干部冷笑一声，转身准备什么东西。

这就是传说中的治疗室。没有门窗，只在顶上露了两三道透气的小缝。正中一张脏兮兮的木板床，床上有呕吐的痕迹，已经板结成黄白相间的硬块。床边有只架子，挂了一些生了锈的古怪仪器。再旁边是墙，四五只衣柜似的铁箱子，门上各开小圆洞若干。干部打开其中一扇，里头有一只大铁夹，斑斑点点地沾着血迹。干部挥挥手，阿乌将我推进夹子，干部把它咣当合上。铁片卡在腰里不高不低，把人一截为二。一挣扎，反而卡得更紧。

"放我出去，放我出去。"

干部向阿乌挥挥手，阿乌站着不动。

"滚吧，这里没你的事！"

阿乌磨磨蹭蹭，挪到门口时，突然猛击了一下门梁。干部举着一支注满的针筒走近。我开始发抖，手脚拼命往回缩。他掰开我的胳膊，恶狠狠地一针，没扎准，拔出来再刺。

见我惨叫，他一瞪眼睛："这就是逃跑的下场！"

铁门被关上了，黑暗把声音吸走。左侧头颈里的血管突然轻轻一跳，接着又是一下，一个声音越来越响：咚咚咚——

这是我的心跳，血液蓦地浑身乱窜，血管跟着一扩一缩，像要爆炸开来。我想哭，想笑，想手舞足蹈。夹片裹着我，铁箱挤着我，身体又在向外膨胀。我被压成了一个点。

兴奋剂的药效持续了一段时间。我满头大汗、四肢瘫软，腰箍和铁箱壁强迫我站立。没多久，门开了，干部笑嘻嘻地探过脑袋："滋味怎么样？"手里又是一支满满的注射器。

"这岛上，还没人胆子这么大，"他抓住我的胳膊拍了两拍，"居然想逃跑，还私闯禁林。"

我被兴奋和疲劳交替折磨。药力消失的短暂片刻里，我困乏得不行。汗水一会儿喷薄而出，一会儿又黏糊糊地被捂干，身子随之一冷一热。干部隔三岔五地补上一针，欣赏我的痛苦，询问我感觉如何。

铁门开启出一角世界：干部嘴边沾着两粒白色唾沫花；治疗室灰暗肮脏的水泥地，未干时被踩上几只脚印；针筒的刻度掉了点颜色，分不清15还是25……这是将死之人记住的最后意象，它们比我一生中看到的其他任何东西都来得真切。

门最后一次被打开，我没抬头。外面的人也不说话。我感觉奇怪，偷眼一看，原来是阿乌。刚有些惊喜，却发现他手里也拿着一根针管。他将针管往上举，针尖滋出几粒水珠。我闭起眼睛，手臂无意识地向前微伸。在眼皮完全搭上之前，突然看到他将针管一推，一股透明的液体散向空中。

阿乌把脸凑近，他身上有股雄性的气息。他将大嘴往我脸上迅速一扎，又飞快移开。

"滚——"我集中起所有力气，冲他大喝。他一副不知所措的蠢样。

"阿乌——"干部在外面叫，阿乌用脚擦了擦地面的湿迹，关上铁箱门。远去的脚步声，木门发出的"咯吱——嘭"。又是令人恐惧的安静。

脑子清醒了，身体却异常虚弱。我不能睡去，怕肋骨被折断。瞌睡虫没完没了地挑逗我，我拼命咬住下嘴唇，咬破后甜甜咸咸的血流满一嘴。

过了半晌，门又开了，干部问："怎么样？想在这里继续享受，还是交代问题？"

"交代问题。"

干部把耳朵凑到我鼻子下面，故意装作没听清，"什么？"

"交代问题。"

"这就对了。你要知道，逃跑也没用。把你们买来的时候，档案和身份证明也给销毁了。换句话说，出了这岛，你们根本不存在。嘿嘿，神经病，杀人犯，一堆垃圾，还疯狗似的咬来咬去。出去只能给社会添乱，还是留在这里，好好表现你们的丑态，让康船长乐上一乐，这或许就是你们唯一的价值。"

我的脑袋耷拉下来，干部伸出一根手指，硬把我的下巴支起来。

"下次再犯错，就没这么客气了。到时候高压电伺候！"

第九章

47

禁林前的电网很久没有检修，没人知道它是何时坏的。逃跑事件之后，干部索性将电网拆掉，砌起一人半高的砖墙。我痊愈后又做了多次检讨，事情渐渐平息。这是岛上迄今为止最重的一次体罚，大家有些同情我，好事者跑来打听治疗室里的情形。

"这对每个人都是一次教训。不许翻山头，不许入禁林，听见没有？"

审问中，干部好几次探我口风，我死死认定，逃跑时什么都没看到。而事实上，我越来越确信，禁林里的人影不是幻觉。他更像一条站立的蛇，肩膀狭窄，大腿细长，浑身软绵绵的，加上一枚奇小无比的蛇脑袋，这个怪物仿佛随时会哧溜钻上树，游走过层层枝叶，向我发动袭击。他的嗓音也是非人类的，似困兽被割断声带后，发出愤怒的残喘。

那以后，我时常半夜惊醒，隐隐约约听到禁林深处的声音。我按捺住好奇心的折磨，不向任何人提及。美佳背叛之后，没人值得信任。

美佳在病中全力照顾我。我污辱她，嘲讽她，扇她耳光，骂她"性变态""阴阳人"，数落她半男不女的长相和言行。她的嘴唇激烈抖动，连耳郭也发起颤来。

"我舍不得你走，这里有我保护你，比外面更安全。"

这是她唯一一次试图解释。我尖叫着把一双筷子掷过去，差点戳瞎她的眼睛，眉骨上红肿了好几天。

理智地思考一下，匆忙逃跑根本无法成功：不熟悉地形，没有接应，出了岛不知投向何处。但美佳的出卖是我原谅自己的唯一理由，更何况，我已经习惯了言语刻毒，就像她习惯了卑微——她骨子里就是一个奴隶。这种靠支使、辱骂和逆来顺受维持的关系，反而强化了某种默契。我们前所未有地需要对方。

美佳的头疼越来越严重。我私下里找过医生，想让他把把脉。医生显得不太热心，美佳也一再拒绝，就不了了之。

此外，我意识到了阿乌的利用价值，和他渐渐要好起来。他送我小礼物，帮我干体力活，比如修葺漏风的屋顶。美佳有些嫉妒，越发激得我和阿乌亲热。

48

一次例会，干部突然说："最好有人站出来坦白。"

大家面面相觑。

"是谁偷了1号的枪，别自作聪明了，搜出来以后，有他好果子吃。"

1号的优越待遇让人嫉妒：拥有枪支，房门上锁，屋内不装摄像头。枪膛里有三粒子弹，它们从未施展过身手。枪更多是用来树立威信的，黑洞洞的枪管、亮锃锃的枪托，明确告诉那个被指着的人：听我的！别来侵犯我！

赛先生一直把枪塞在枕头底下，忽然它不翼而飞。赛先生回忆，他有几天匆匆忙忙地忘了锁门。在严密监控的环境里，这也不是大不了的事，赛先生就因心里疏忽，甚至搞不清失窃发生在哪一天。

没有人自首，互相怀疑和指证也无效。全岛展开了一场大搜查。发婆不满地咕哝："为啥俺丢东西你们不肯找，他丢东西连土地爷也惊动了？"

每个屋子都被翻了个遍，甚至仓库、会议室和勤杂室也没被遗漏。装布花的纸盒子一个一个底朝天，布花撒得到处都是。甚至阿发养着的田地，也给重新刨了一遍。

"那么，现在只剩一个地方没搜了，"干部气得五官往脸中央缩，鹰钩鼻显得更长，"你们都把衣服脱了，搜身！"

男女分成两组，男的进阿乌房间，女的进赛先生房间。

　　"这里没有摄像头，你们互相看仔细了，从里到外，每件衣服都要搜。"

　　我有点难为情。渔女捻着脖子里的麻绳项链，美佳把衣摆拧来拧去，发婆不停地用手背擦清水鼻涕。只有赛太太一脸漠然，仿佛在看一场与己无关的好戏。

　　"行了，别磨蹭了，脱！"她把手放在胸前的纽扣上。

　　"一个一个，还是大家一起？"渔女怯怯地问。

　　"当然是一起。然后互相检查脱下来的衣服。"

　　渔女走到一个墙角，背对大家，慢吞吞地解扣子。其他人也各自选定角落，或者靠家具遮挡身体，不去看别人，同时微佝着身子不让别人看到。我的棉衣在上次逃跑时磨破了前襟，一碰，一粒塑料扣子掉下来。我去拾，扁圆的扣子满地滚，最后停在渔女脚下。渔女已裸露上半身，见我过去，下意识地以手护胸。

　　谁要看，也不知道被多少男人摸烂了的。我拾起扣子，翻了一下白眼。

　　天气已经相当冷，赛太太的屋子有玻璃窗挡风，但每脱一件衣，还是起一层鸡皮疙瘩。我细细审视自己的身体：入冬后皮肤变白了，胸部隆成两堆柔软的小山丘，腿变得更为丰满，薄薄的脂肪层柔和了髋部的线条。脚边很快叠起一堆衣裤，我慢慢转过身。

　　一群光身子女人尴尬对视。渔女个子不高，身材却早熟，尤其是腹部，似乎过于丰满。她意识到大家在注意她的肚子，双手往身前一交叉。美佳观察了一会儿，和我交换了一个狐疑的眼神。美佳站在我正对面，乳沟两侧各有一条又深又长的疤，像个松垮垮的"八"字，乳房因此有了错位感，仿佛只是两堆累赘的附加物，晃几下就会掉下来。发婆的黑黄皮肤满是橘皮样的纹路，腰里几圈皱着垂下来，动一动就微波荡漾。

赛太太保养得比较好，一身细肉，典型的中年妇女体态。她已褪去长裤和外套，上身密匝匝地围了一圈白布。见我们的目光落在这副"文胸"上，她下巴一昂，伸手去解，抓住布的一头，左右手交替着，将它逆时针松下来。我认出这是夏天的窗帘，半透明的底子上印着淡色小碎花。松了几圈，赛太太停住不动，眼睛盯住前方的天花板，右手插进白布，从乳沟里掏出那把失踪的枪。

发婆啊地大叫一声。赛太太推开扳机上的保险，移过准星，瞄准发婆，她的眼神越过发婆的脑袋，凝到墙壁的某个点上。我突然闻到一股老年人特有的臊臭，低头一瞧，发婆吓得失了禁，深黄的液体顺着发抖的大腿往下淌，沿着脚掌聚出一个小水塘。赛太太没有表情，以极缓的动作将枪口水平挪开，指到美佳时又停住。美佳呼吸急促，胸脯剧烈起伏。枪眼继续往旁边偏，经过渔女时顿了一顿，最后落在我身上。我和那个黑乎乎的孔洞对峙，握枪的胖手遮住了赛太太的大半个面孔，这只手忽地一松，枪口朝下。她仿佛在梦游，追寻空气中什么不可见的东西。

赛太太重新给枪上好保险，塞回胸前，将白布一圈圈地围回去，最后在胳膊底下打个结。她的动作从容安详。我向后仰靠，冰凉的墙壁使身体略微放松下来。

我们不敢提赛太太的事，搜身又是毫无结果。

"怎么可能，怎么可能？难道它蒸发了吗？"干部恶狠狠地剜了赛先生一眼，"限你三天时间找出来，不然，你这1号就别当了。"

赛先生眼泡虚肿，胡子忘了刮，做事心不在焉。赛太太却出奇的镇定，仿佛周遭的一切与她无关。三天里夫妻俩吵了四五回架，赛先生还当着大家的面，扇了老婆一耳光。赛太太捂着脸不说话，静静地看了他一会儿，突然反手一耳光抽回去。

"她为什么要这样做？"美佳问。

"我怎么知道？"我白了她一眼。

第三天的例会上，赛先生主动提出不做1号。

"还用得着说，当然会撤了你。"

医生小心翼翼地提议重新选举。赛先生面色惨白，赛太太用搜身时那种茫然的眼神盯着医生，医生像被扎了一下。其他人纷纷赞同重选。

"好吧，重选就重选。不过这次，你们得选一个能担起责任的人。"

大家七嘴八舌地提议候选人，有医生、美佳，还有渔女。美佳想提我，发婆竭力反对："这种人咋能当头？她只配被人死死管着，不然又要逃跑了。"

"能选两个吗？"老金问。

干部伸出一根手指。

选举结果在多数人的意料之中，医生成了新的1号。老金选了渔女，我、大西北、赛先生选了美佳，其他人统统举手赞同医生，包括他自己，也投了自己一票。

"谢谢大家，谢谢信任。"医生说着，捏紧的拳头突然叉开，狠狠抓住椅子的扶手。

49

第二天，医生搬进赛先生宽敞的大屋子，他们夫妇则挤到医生原先的家里。搬东西的过程中，医生和赛先生起了争执。

"多余的那条棉被，你给我留下。"医生说。

"它不是多余的。"赛先生不肯示弱。

赛先生把三条棉被整整齐齐垒成一摞，医生在半路拦住他。

"你们两个人，盖那么多被子干吗？"

"那你一个人，又盖那么多被子干吗？"

"他妈的跟谁讲话呢？现在我是1号！"医生突然吼起来，脸涨得通红。说到"1号"二字时，指头差点戳进赛先生的眼睛。窗子里的人纷纷探出头。

"天哪，真不敢相信这是医生！"美佳目睹了全过程。

"你太笨了，"我冷笑一声，仍坐在床边吃我的饭，"不过也难怪，那男人的心机深着呢。"

窗外，两人僵持着，医生的手指不屈不挠地挺在赛先生面前。

"好吧，给你。"赛先生拗不过，灰溜溜地一努嘴。

医生抽出最厚最漂亮的枣红色棉被，故意用力，其他两条被拖到地上，沾了灰尘。赛先生忍着气，不和他争辩。

第二天，老金被医生叫去。

"天哪，他想干什么，居然要我做一把假手枪，跟丢了的那把一模一样！"老金回来后咋咋呼呼，边说边夸张地摆出一个瞄准手势。

"我不喜欢现在的医生，凶巴巴的，早上和他打招呼，他理都不理我。"美佳说。

"阴谋，阴谋。"大西北咬牙切齿。平时他独自躲着吃饭，今天一反常态，跑到波波屋里凑热闹。

"你别老是这套'阴谋论'，也许他只是兴奋坏了。"老金偏要唱反调。

大西北一脸的自讨没趣，老金不理他，回过头逗弄赛先生："喂，2号，你作何想法？"

这是赛先生第一次和我们共进晚餐。老金讽刺他时，他正对着几根烧焦的青菜皱眉头。其他人窃笑，他尴尬地把碗放下又端起。

"我从没亏待过你们，你们这样对我太过分。"

"哼，没亏待过我们？"老金差点跳起来，"不想想你平时说话的德行，还有你老婆，整天仰着个头，用眼白瞄人，倒是不嫌脖子酸啊？妈的，真以为自己是个货色了。"

"是哩，你们心气高着哩，自己不觉得。"阿发接话。

"权力，这就是权力，"大西北忍不住插话，"你们看着吧，医生爬上去了，你们照样没好日子过。"

赛太太瞥他一眼："说什么呢，你？"

"你插什么嘴？"赛先生气鼓鼓地训她。

"我怎么不能说话？"赛太太毫不示弱，"自己没本事，怨得了谁？"

赛先生捧碗的手抖得厉害，想回骂，又感觉失面子，于是狠扒了几口饭。

"算了，大家都别说了，事情已经这样，走一步看一步吧。"美佳打圆场。

赛先生的嘴机械地嚼动着，一溜黄黄的油从嘴角淌下来。

50

老金开始做手枪模型，关在屋子里勤勤恳恳了三天，弄出一个怪东西：一根长杆子，拖着块扁木头。

"扳机呢？连扳机都没有，就叫枪了？" 医生一掰，枪杆枪把分了家。

"我只有锯子，没法做精细，将就一下，还是可以的。"

"将就，你也配叫我将就！"两块破木头往老金脚下一扔，"给我做把好点的。再给你三天，要有扳机，带准星。"

老金只能问阿发借锉刀。

"俺哪有那东西？"

老金来气了："明明看见你用的，锉一个什么桶的把手。"

"俺那锉刀用多了会起毛，这里又没地方磨。"

"好吧好吧，"老金拍一下他的肩膀，"别多说了，我的手电筒借给你。"

"刀借几天？"

"借三天。"

"那手电筒借俺五天。"

"好吧。"老金心里恨得痒痒。

这次老金不敢怠慢，三天后拿出的东西，模样说得过去，扳机和准星是小锉刀精心锉出来的，最后还向我借了一点刷墙剩下的油漆，上过漆的木枪神神气气地发着亮。

"不是技术问题，主要是以前的工具不称手。"老金熬了点夜，又提心吊胆了三天，眼圈黑得似熊猫。

医生把手枪翻来覆去地摆弄。

"太不牢了。"他一扣扳机，小木片掉了下来。

"唉，主要是没白胶，白胶一粘就好。"

"真是的，什么事都做不好。"医生不耐烦地挥挥手，示意老金出去。

医生做了个红色纸盒，将枪盛放起来，还从枣红棉被套上剪下一条边，在盒子外扎一圈，系个蝴蝶结。一次我经过时，发现他正双手合十，半蹲在桌前，微闭双眼，对着供在桌上的红纸盒念念有词。听到窗外有人，他紧张地回头，眯起眼认出是我，狠狠瞪我一眼，匆匆收起盒子。

"医生走火入魔了，"我对美佳说，"一个破岛上，就这几号人，管点芝麻绿豆的事情，居然这副德行，真是滑稽。"

"是，是，"美佳应和道，"是挺好笑的。前两天还听渔女说，医生去找干部，想问他再要一把枪。"

"干部答应吗？"

"没呢，干部可不傻。渔女还说，后来医生问，如果枪找到了，能不能归他？"

"医生真那么问？"

"我听渔女说的，她的话总没错。她和医生的关系那么好。"

"干部同意了？"

"也没有。"

"那是当然。干部怕疯子们集体发作，给1号发枪，扛不住时可以有人协助。这下倒好，有枪反而不安全。"

"是啊，你说得对，你真聪明。"美佳的表情十分讨好。

相当长时间，医生是议论的焦点。几天之后，大西北的金丝边眼镜突然跑到医生的鼻梁上去。

"这是怎么回事？"我问大西北。

此时大西北又开始独来独往。我在仓库见到他时，他正奋力抄书，深度近视的眼睛几乎贴在纸面上。

"他不乐意我有眼镜，就拿走了。随便他吧，我的度数比他深，戴了还不晕死他？"

也许是镜框的缘故，医生的面部轮廓起了变化，颧骨显得高，颌骨微微朝外拱。目光的狂热被镜片聚焦后，有了灼伤力，让人不敢和他对视。

正如大西北所料，这副眼镜不合适医生。做布花时，他尽量让眼镜滑到鼻尖上，然后从镜片上方注视手里的东西。趁人不注意，就抬起镜架，拼命揉搓鼻梁旁的睛明穴。一回到家，迫不及待地摘下眼镜，仿佛卸掉一个大包袱。但在大家面前，他仍会将脸仰到最佳角度，以便让人一眼瞧见镜脚上闪着的金光。

开始时，医生的怪癖仅仅是笑料。但很快，他激怒了所有人。

入冬以后，吃的大米一拨比一拨差。霉米让很多人拉了肚子，大家要求发止泻药，吃干净饭。

医生拒绝道："拉肚子嘛，我最清楚，喝两天开水就好了，哪用得着药。当然，如果真想要，可以用口粮、衣服来交换。"

"这算什么话！他自己吃面包，让我们嚼烂米。连妍头拉肚子，他都狠心不管。"

老金对医生最反感。医生早已不隐瞒和渔女的关系，甚至公然留她过夜。老金对渔女垂涎多时，显然没了机会。

"现在一掂量，还是赛先生好。"

"世上又没后悔药吃。"赛先生冷笑。

"干部也不管。"

"他管什么，乐得事事交给医生，"老金说，"据我所知，医生进贡了两张光身子的女人图片，干部高兴得跟什么似的，整天对着图片打飞机。"

男人们一阵猥亵地笑，女人们假装没听到。

"老金，你看到他打飞机了吗？"

"男人的事情，猜都猜得到，"老金撇撇嘴，"至少我瞅见他房里有光身子女人的照片，肯定是医生送的。"

"说不定是他自己的呢。"

"我见过，医生以前喜欢用口粮换杂志来看，旧杂志论斤称，便宜得很，什么内容都有。你们也记得的，他以前自己墙上贴了些彩页，后来弄去给小莲糊墙了。另外他枕头底下还藏了些图片，就是偷偷挑出来的光屁股女人。"

众人大笑，将信将疑。老金贬损了医生，禁不住满脸得意。

"干脆当初选美佳，也是一回事儿，美佳是实打实的好人。"

"不，不，我不行，"美佳脸一红，"小莲比我行。"

"她？哼——"发婆拿眼白瞥我，还想讽刺两句，赛太太打断她："你们只会在背后瞎议论，又有什么用。干脆做点事情出来！"

赛太太抿抿嘴，饭碗往地上一扔。我正巧从侧面瞧她，脸瘦了不少，五官的线条绷得紧紧的。这时，渔女正好从外头进来，她连日腹泻，脸色蜡黄，大肚子已经不是秘密。她心虚地一侧身，避开赛太太的目光。

"哎呀，忘了拿……"她含糊了一句，转身出去。赛太太仍注视着门板，仿佛门板也成了她的仇敌。

51

这天晚上，我噩梦连连。一会儿明先生心脏病发作，明太太卡我的脖子，不让我救他；一会儿妈妈逼我吃药，端到面前，满碗爬的蠕虫；然后就是禁林里的蛇游出来咬我，红芯子刚舔到我的脸，突然一声轰然巨响。不能确定这响动在梦里还是梦外，正迷糊着，又是一声。

美佳惊叫："发生了什么事？"

我完全醒了。

"像是枪声呢。"美佳慌里慌张。

波波在大哭，阿发拔高嗓门吼着什么，谁家的碗打碎了，一扇门被风重重刮上，还有仓皇的脚步声、杂乱的议论声。

我和美佳相互搀扶着走出去，医生家烛火通明，里外站满了人。发婆在墙边呕吐，阿发拍她的背。波波一边哭，一边跌跌撞撞往回走，见到我们，受了惊似的往后一跳。渔女声嘶力竭的呼喊从屋里传来，凑进去一看，满眼血色差点把我晃晕过去。

医生光秃秃的身子半靠在床头，嘴巴张得老大，眼睛却眯成两条缝。他的头颈已被打烂，血喷得到处都是，天花板上的正一串串滴下来。渔女半裸着蜷在床角，满身是血，正大叫着把脑袋往墙上撞。赛太太站在角落里，用枪指着赛先生，后者以一个古怪的姿势定格，膝盖微屈，侧脸盯住枪口，一条手臂半举，另一条平平伸着，像把什么东西推出去。

血液腥酸的臭气。唾沫、冷汗、口腔里隔夜的菜渣味，与寒夜抗衡的热烘烘的体味。

"别乱来。"赛先生说。

赛太太面无表情。干部努力保持镇定，却抖着嘴唇，说不出话。

"是的，枪是我拿的，是他让我拿的，"赛太太用枪点了点死去的医生，又迅速指回赛先生，"他利用完我，达到目的，就不要我了。"

"你先把枪放下。"赛先生向前挪一步，赛太太将另一只手也搭到枪把上。

渔女嘶叫了一下，忽地没了声。

"她晕过去了。"美佳轻声说。

没人理睬。

赛太太将枪慢慢往回抽，枪口始终对着赛先生，等手要碰到鼻子了，突然回转准星，指住自己的太阳穴。

"嘿——"赛先生表情复杂地探了探身，赛太太朝后退半步。我捏住美佳的手。

"那么……"赛先生舔了舔嘴唇，终于下定决心，大声问道，"那么，我猜得没错喽，你被他睡过了吧！"他双下巴上的赘肉在微弱而快速地晃动。

赛太太盯着她的丈夫看，眼神往回收，最后的鄙夷也消失，一片茫然中，仿佛那里什么都不存在。

第十章

52

老金说，阿乌收尸的时候他看清了，医生身中两枪，一枪在肩膀，一枪正中颈动脉。

"真狠心啊，这娘儿们。"阿发轻声咕哝。

"是狠，一枪冲自己脑袋打下去，眉头都不皱。"

"一下子的事，当然不疼。"

"你咋知不疼，手上扎个钉子还疼呢！"

"你懂个屁，你又没挨过枪子儿。"

"难道你挨过？"

"别吵了，"美佳狠狠嘘了一下，"你们快把渔女吵醒了。"

大家打住，回头看渔女。

"可怜医生才当了十来天1号。"

"幸亏渔女给他留了个种。"

血一干，渔女的头发黏成一绺绺的。她手臂下方的棉被高高隆起。

"这孩子不是他的。"渔女突然睁开眼。

围在床边的人都吓了一跳。

"你醒啦？"美佳想摸她的额头，被她推开。

"我说了，孩子不是他的。"

渔女不再搭理我们，转过身，把自己整个儿裹进被子。美佳推我们出去。

"老金，保不准这娃儿是你的哩。"阿发说。

"呸，实话告诉你吧，我可真没上过她，就摸过两回屁股，亲了几次嘴。"

"那是谁的，干部的，还是12号的？"

"是波波的。"老金逗趣。

"别开这种玩笑，无聊透顶。"我一把搂过波波。

波波有点被吓傻了，至今还没回过神。其他人倒坦然自若，毕竟都是见过世面的。老金甚至顺手牵羊，偷走医生柜子里的一瓶红酒和三只嵌葡萄干的大面包。

"偷死人东西。"发婆朝地上吐了口唾沫。

"嘿嘿，你没占到便宜，就嫉妒我。"

"见者有份。"我说。

"对，见者有份。"

"没错。"

老金拗不过我们，只能平分面包红酒。赛先生推说没胃口，渔女还卧病在床，其他人跟到老金家，哈喇子都要流下来了。

面包略微发硬，局部有了霉斑，红酒简直是染色的糖水，但已让人心满意足。我们把葡萄干从面包里挖出来平分，面包用水泡软，以便看起来量多，还有红酒，要在嘴里含够了才吞下去。

"面包泡胀了真难看。"大西北说，他左眼的目光被压碎了的镜片一划为二。那晚趁着混乱，他偷偷把金丝边眼镜从医生枕下拿了回来。

"我见过一位同志被打死了泡在水里，皮肤就是这样松松的，还发着白。"

"他妈的真恶心！"老金皱了一下眉头。

"有什么恶心的，我们不就在吃死人的东西吗。"大西北冷笑。

"面、面包……始（死）人的肉，酒，始（死）人的血。"波波道。

"你啥时候话说得这样流利，"阿发也不高兴了，"吃饭打岔，小心噎死！"

大家闷头吃喝。泡软的面包沉到碗底，棉絮一样地微微晃荡。我一阵恶心。

"吃啊，好吃……"渔女突然跌跌撞撞地进来，瞅着我们傻笑，手指伸进嘴里绞了绞，又拿出来在衣襟上擦干。她已不再是漂亮女人，面孔浮肿，血迹没抹干净，鼻梁两侧新添了大块的蝴蝶斑，身体因为大肚子而重心不稳，再被棉衣鼓鼓囊囊地一勒，仿佛一只随时会滚动的球。

"吃啊，吃啊……"她喃喃自语着，将手搭到脑袋旁。然后开始颠脚，一下，两下，夹在手掌中的脑袋也随之摇摆。

"她在跳舞。"美佳轻声道。

"是有点奇怪，会不会疯了啊。"我说。

渔女的动作幅度越来越大，不顾章法地乱扭，还将手叉到头发里一甩，头发披散到脸上。

"哈哈。"阿发大笑。

发婆扔下碗，拍着老伴的背，乐得身子直打战。

老金恶作剧，故意伸出腿，渔女被绊得一个趔趄，老金一扶，渔女顺着他的手臂咕噜噜滚到地上。一阵稀里哗啦，只有大西北神情严肃。

大家没留意干部进来，直至听到他的声音。

"这个好，哈哈。"干部一笑，其他人立刻噤声。渔女挣扎着从地上爬起来。

"继续跳。"

渔女接着跳，像只充足电的机器人。干部色眯眯地走近，渔女舞动的手臂不小心甩到他脸上，他顿时板下面孔，给了渔女一记耳光。渔女停下来瞪着他，面孔潮红，鼻尖渗汗，突然闭眼昏倒在地。

53

一次不大不小的寒潮，短短半个月，就逼近隆冬。工作棚简陋的棚壁呼呼漏风，我满手冻疮烂掉后脓水直流，几乎拿不起针线；发婆半夜常被睡相不好的阿发挤出被子，接二连三的高烧弄得她皮包骨头；渔女在医生被杀那晚受了惊吓，变得疯疯癫癫，时常拼命敲打腹部，或者蹦着跳着，把肚子往墙上挤压；波波有点大男孩的模样了，不再和我到坝上唱歌看落日，整天侍弄那枝插在头骨里的花苞，并且狂热地相信，来年开春前，它一定会绽放。指甲大的花骨朵居然没被冻死，大家引以为笑料。

"波波哎，花开了没啊，昨天看见太阳从西边出来，我想是你的花开了。"老金取笑他。

老金只是偶尔说笑，话比以前少了，常常一脸心事，有时甚至举动反常，比如硬把自己的棉被塞给渔女。渔女也不拒绝，接过棉被，正眼都不看他一下。

阿发比任何时候都勤快，一有空就松土浇肥，或者从稀少的淡水里匀出一口来灌溉。

"他再这样翻地，会翻出一个万人坑的。"大西北断定。他告诉我，关于岛上的阴谋，他掌握了越来越多的证据，但暂时不便和盘托出。

"只有你是有救的，你和他们不一样，他们都是些没头脑的猪。"

赛太太死后，赛先生再没笑过，原先的双下巴瘪进去，失去弹性的皮肤在脖颈子里叠着，像用旧了的皮沙发扶手。他看起来足足老了十岁，对一切丧失兴趣。

"每个人都古里古怪的。"美佳说。

一系列变故之后，美佳是唯一保持平静的人。表面上还是我高高在上，她逆来顺受，但内心里我越来越依赖她。原以为美佳是软绵绵的泥块任人揉捏，现在才知道，最有韧性的就是烂泥巴，跌不碎，踩不坏，从脚底刮下来和一和，又是一副好模样。

54

那天，渔女疯疯癫癫的表演激发了康船长捉弄人的灵感。

"康船长要看你们跳舞，所有人，统统跳舞，在这里。"干部指着工作棚的空地嘿嘿冷笑。

这算什么命令呢？发婆瞥了一眼黑洞洞的摄像头，阿发把手搭在他女人肩上；老金假装布花没缝完，拿了针线在布里胡乱戳刺；赛先生半低着头，满脸漠然。

静默片刻，美佳第一个站起来，拍掉屁股上的灰，招了招手："大家跳舞吧，总比干活轻松。"

渔女决定响应她。大肚子妨碍了身体的动作，她以手撑地，试图站起来，美佳扶了一把，然后笨拙而尴尬地杵在原地。

"跳啊。"干部过去顶了顶她的脑门，她只好蹲蹲膝盖，甩甩胳膊。

"统统给我站起来！"干部一巴掌打在老金背上，老金慌忙起身，其他人也稀稀拉拉地站起来。

渔女突然痴笑着哼起歌来，两手举过头顶，互相绕圈，一只脚打着节拍，肚子随着节拍上下颤动。美佳依样画葫芦，打节拍时身子往下沉，仿佛要坐倒在地。

"跳，跳！"不知何时，干部的手里多出一根棍子，轮番敲打站立不动的人。我的背上挨了一记，火辣辣地疼，赶忙扭两下腰。赛先生也学样双手绕圈；老金原地蹦跶了几下，像个活跳尸；大西北在努力回忆交谊舞步，神情专注地凝视脚下，一——二——三——；阿发实在不会跳，左顾右盼，一会儿学这个，一会儿学那个，摆开架势，又不知接下来如何动作。干部过去狠拍他的后脑勺，发婆提醒："转圈，老发，转圈。"于是阿发满地转圈。

大家往工作棚的各个角落跳散开去。干部乐疯了，棍子一扔，往角落里一蹲，笑得直不起腰。过了一会儿，阿乌进来，没多久，老余头也跟来。阿乌看见我时，立刻止住笑容。我气喘吁吁，骨骼酸痛，想停下来，又怕挨揍。其他人也累得不行，阿发转晕乎了，一头栽在地上，发婆想扶，干部冲过来，一棍打在发婆手上，一棍落到阿发肩头。

"跳啊，跳！哈哈哈——"干部笑岔了气，在人群里挥舞着棍子。

渔女突然捂住肚皮，嗷嗷大叫。

"死啦，死啦，怪物！"她手一沾肚子就飞快挪开，仿佛这是一块烧烫的炭。美佳想过去帮她，干部大喊："让她去，别停下，继续跳！跳！跳！"

波波哭起来，他一直在晃他的大脑袋，鼻涕眼泪乱甩。发婆也跟着抹眼泪，场面有点混乱，只有赛先生以不变的频率双手绕圈，仿佛什么都没听到。

"跳，跳！"干部张开双臂，泪水和呼号让他兴奋，他冲到渔女面前，把她又哭又笑的面孔扭过来，正对屋顶的摄像头，敲打着她的脑袋大喊："康船长，康船长，哈哈！"

直到大家怎么打都起不来，干部才心满意足地放过我们。美佳来扶我，替我擦掉眼泪。大家歪歪扭扭地起身，回屋，不说话，避免与人目光相接。

美佳没有烧晚饭，她的头又开始疼痛，躺在床上边翻身，边哼哼。岛上出奇的安静，连例会也没开。我身体累极了，却怎么都睡不着。小憩片刻之后，美佳挣扎着起床做饭。阿鸟来探望，偷偷塞给我一粒水果糖。

"阿鸟，你喜欢我吗？"

他用力点头。

"那你告诉我，康船长是个怎样的人？他是疯子吗，还是大坏蛋，比干部还坏的大坏蛋？"

他摇摇头，一根手指放在嘴唇上，示意我轻声。

"他的想法太古怪了，先是例会，现在又是跳舞。"

阿鸟好一番比画，我终于看懂了。

"你也没见过康船长。嘿，我真想去瞧个究竟。禁林里好像藏着一只怪物。"

阿乌走到窗前，朝东跷起大拇指，然后回到床边，手指在我被子上交替点了几下。

"放心，谨慎一些就会没事。干部以为那些威胁能吓住我们，肯定放松了警惕。"

不久后的一个夜半，阿乌偷偷来找我，他搠着我，三下两下翻过小山丘。禁林的围墙太高，阿乌跷起脚，估算了一下高度，让我坐到他肩上。我的胸口刚好趴到墙顶。

禁林里种满臭椿树，灰褐的树干高大挺直，即使是冬天，重重叠叠的大树冠也仍有绿意，尖小的羽状复叶在月光里呼呼抖动，抖出一阵阵风的形状。深秋结出的小红果实零星地缀在黄的绿的叶子间，大部分则落在地上，嵌到泥里，再也看不见。

我试图在密匝匝的树干和枝叶间有所发现，但失望而归。阿乌建议我打消这个疯狂的念头，我心有不甘："我们再找机会吧，最好是白天来。"

55

白天的劳动渐渐松懈，晚间的例会也变得简短。康船长的兴趣有所转移。在跳舞闹剧之后，稀奇古怪的指示接踵而至。他要求我们互相谩骂和扇耳光，开始我们感觉为难，习惯以后，语气越来越毒，下手也越来越狠，最后往往以混战告终。我的左眼角被发婆打肿了一块，发婆的手差点被我掰得脱臼，老金的脸添了五六条血痕，阿发连着十来天只能侧卧睡觉。

接着又命令我们表演。比如渔女饰公主，波波饰侍卫长，其他人扮成宫女和仆人，我被指名为公主的贴身随从，举着一块帆布算是遮阳伞。我走在渔女身后时故意踩她脚踵，她摔了个跟头，派仆人老金鞭打我，老金下手颇狠，他是渔女的忠实走狗。下一场游戏中，我找到了报复的机会，我们表演抓海盗，海盗头老金被抓，我是临海小镇的镇长夫人，指使大家扒光老金的棉衣，轮流朝他半裸的身体吐唾沫。还有一次惩罚妖女，需要在我和渔女之中认定一个妖女，除了大西北和波波，其他人都选了我。我被绑在岛中央的旗杆上，用虚拟的火刑烤死。事后美佳求我原谅："我本来想帮你的，但你瞧渔女的肚子，她经不起折腾了。"

"难道我经得起吗？"

我狠狠揍了美佳一通，打得掌心生疼，就用画笔杆子戳她。她没还手，也不吭声，只有在胸腹要害受威胁时，才本能地蜷起身子。第二天美佳发起高烧，一会儿大叫"原谅我"，手向空中乱抓；一会儿又昏睡过去。

我得照顾病人，暂时不参加表演。想到便宜了这帮家伙，心里就生气；又一想他们也没机会折腾我了，才稍感平衡。我怕美佳呕吐，只喂她水喝，还和她换用被子，免得她那条厚被子被屎尿糟蹋了。

美佳一病，没人做饭，大家纷纷到勤杂室偷东西。我生嚼着偷来的塌棵菜，睡着美佳的厚棉被，脑中反复分析形势：美佳的病估计得生上一阵。除了她，还有谁能结为同盟？美佳的同情心大于忠诚心，关键时候可能倒向另一边，比如上次帮助渔女。也许可以考虑大西北，他和我一样人缘不好，而且他是聪明人，有斗争经验。可是他阴阳怪气的，谁知会耍什么花招呢……

56

看护病人的无聊中，好奇心压倒了我。我对阿乌说，我必须得去看看康船长。

"听着，这是个好机会，我在这儿看护病人，没人会注意我。唯一要做的，就是瞅准时机。"

我反复劝说，阿乌终于答应帮忙"瞅时机"。不久他跑了回来，朝我点点头，戏又开演了，所有人都在工作棚里。阿乌用手势再次问我，是否真的决定了。

"走吧，阿乌，如果你真的喜欢我，就别犹豫。"

我们顺利地翻越小山丘，站到高墙前。一株十多米的臭椿从墙内探出大半个树冠，它在掉叶子，枯黄的叶片从很远的上方飘下来。大西北说，臭椿长得高直，所以又叫"天堂树"，那是他从一本《林业概论》里翻到的。

我坐在阿乌的肩膀上，我的瘦屁股硌着他的硬肌肉，不禁有些疼。我稳了稳身子，扒住墙头朝那里望。

惨淡的冬日阳光里，散着满林子的落叶，风一吹飘起来，顺着风的走势旋转，风一过，又按原先的轨道直直而下。

不远处有东西在移动，是一架拉车，木质车厢，风把遮挡的黑布吹起一个角，一只奇怪的手就露了出来。它搭在透气的小窗口边，指头长而苍白，像褪了鳞片的死鱼。拉车人将车杠横在腰里，不时歇歇脚，腾出手来擦把汗。

拉车在林子里慢慢转圈，当它绕得更近些，我看清了那只手：满手背皱纹，一枚硕大的猫眼石戒指松落落地套在中指上。拇指扶了一下戒指，手腕抖了抖，手又缩回去。正看得起劲，拉车人发现了我们，放下车向砖墙这边跑来。正是老余头。

"嘿，你，干什么呢！"他边跑边从腰里掏家伙。

57

阿乌为了保护我，肩膀受了伤。我被压倒在他胸下，抬头就有血溅到眼睛里。又一记枪响，我拉住阿乌的胳膊不放，他还是被拖开了。老余头和干部想绑我，我扭了扭身子道："自己会走。"

干部领路，老余头在后面押着。我不挣扎，也不叫闹，甚至连预期的恐惧也没有。

经过工作棚，大家挤在门口看，干部大吼："回去干活！"

进了治疗室，他们对我的驯服不放心，拿来很多绳子，将我死死捆在床上，还朝我嘴里塞了一块布。

"老余头，再拿一根。"

"这几根差不多了吧？"

"叫你拿，你就拿，啰唆什么！"

老余头只得再拿一根绳子，在我大腿根部绑了绑。唾液把嘴里的布浸湿了，脏东西顺着渗进嘴里，我的胃猛烈抽搐。太阳穴上涂了凉凉的膏药，脑袋被箍进一个大大的耳机状的东西。耳机夹得很紧，头颅有挤胀感。

"包块布，包块布。"干部说。

老余头把耳机挪开，给两边听筒包好布，重新套上。

"你去开开关。我来摁住她。"

老余头跑去墙角，干部凑近我，眯起眼睛："我说过的，如果再犯，就让你尝尝高压电！"他的长指甲轻轻剐蹭我的脸，"不识时务的家伙，让我好好治你。"

老余头说："准备好了。"

干部检查了一下，又过来将我的大腿和肚子死命按住。

"开始吧。"

"一、二，"老余头数数，"三……"

三——

左右太阳穴同时被击中，一股看不见的力拼命挤压我，忽地那力又反弹出去，浑身骨肉跟着爆裂。收紧，扩张，我被皮筋一般地来回撕扯，疼痛从各个方向刺透进来，脑袋尖锐地疼，身体里的疼则绵长而巨大。一个声音在叫："摁住，摁住！"更多声音，咣咣咣——嗡嗡嗡——，乱作一气。体液蒸空了，神经短路，关节被逐个敲散。

咣——

时间在最后时刻缩成一个点，我不停抽筋的左腿，直而无力地摔下去。

58

天在眼皮外亮了又暗，灭了又明。美佳给我喂食，粥、汤、稀饭。她的烧还没全退，却已照顾起伤员。我固执地紧闭牙关，汁水从唇边流出来。她用金属勺把我的牙齿撬开，嘟囔着哄小孩的话，把饭菜送进我嘴里。青菜被捣成糊，掺在暖和的稀饭里，顺着舌苔滑过喉咙。我慢慢从濒临死亡的感觉中恢复过来。

取代阿乌的，是个二十三四的男孩，第一次见他，我吓了一大跳。

"段仔，原来是你。"

他满脸疑惑："你搞错了。"

"不，没错，我是方姐姐啊，在青山的，你记得吗？"

我瘦了，憔悴了，段仔却长成真正的男子汉。他的脸拉长了，硬朗的颌骨从下巴两侧凸出来。

他表情复杂地看着我。

"一个神经病，和她啰唆什么？"干部不耐烦地拉他一把，他就不再理我，跟着干部走出去。他走路的模样不像段仔，段仔一蹦一跳，他却左右摇晃。不过我还是愿意叫他段仔，哪怕只在心里偷偷地叫，也感觉平添了一个亲人。

"段仔"很快学会了像干部那样打发差事。白天来工作棚巡查一两次，余下时间躺在屋子里抽烟、看黄色小说，或者命令大西北和赛先生同他们一起打牌。据大西北说，段仔是个乖巧人，经常故意输给干部，趁机夸赞干部的牌艺。这个跟屁虫，甚至学会了用干部的口气讲话。有时代为主持例会，就指手画脚道："6号，坦白问题吧，是你杀了你的情人"，或者"7号，你说，运动到底存在不存在"。他的嗓音稚气未脱，却故作老谋深算。干部在旁边跷着腿，满意地看着这个年轻人。

　　"小毛孩一个，屁都不是。"老金说。

　　背地里，大家也跟着我叫他段仔。我越来越相信，他不是青山医院里的小弟弟。真正的段仔，是个善良的好孩子。

第十一章

59

　　康船长似乎厌倦了看表演，好长时间没再折磨我们。冷空气带来入冬的第一场雪。棉被已太单薄，冻得无法入睡。淡水结了冰，只能敲成小块嚼着吃。有人胃疼，有人发烧，有人冻坏了手指，伤病此起彼伏。

　　大雪的第三天，又开始下雨，好几间屋子漏了顶，雨雪顺着天花板的缝隙往下淌，在墙上结出一条条冰渍。

　　阿发担心他的地，整天念念叨叨，逮人就问："你说，这地明年开春还能种不？"

　　禁林的臭椿叶子掉得差不多了，覆盖的新雪被雨水冲走，树枝就变成一根根光秃的手指，竖向天空。波波的花苞居然还没死，茎旁甚至长出一小片新叶。

我对美佳说："我的手快烂完了。"它们肿成两个肉团，冻疮一烂，血淋淋的肉裸在外面，淌着脓水。

工作棚四壁漏风，棚顶进水，地面冰凉，一天劳动下来，大半个人失去知觉。我左挪右移，总算找到一个滴不到水的位置，其他人也不再围成圈，散进角落里蜷缩起来。

"春天很快会到的，冷空气一过，天气马上转暖。"美佳笑的时候，蜕了皮的红鼻子皱成圆球状。

这时，干部拎着木棍走进来，段仔紧随其后。他们好久没来找碴，每日躲在自家被窝里，焐热水袋，看无聊杂志。

"别坐着，站起来，都给我站起来！"干部挥舞木棍，来了个下马威。

众人起立。波波两腿发软，干部揍了他两棍。他扑倒在地，四肢一趴。

"康船长又想念你们了。"干部扫视一圈摇摇晃晃的人们，并不急着说下去。

段仔站在一旁，被羽绒服裹成一只粽子，双手勉强能在肚子前面互相搭上。他在不停地咬嘴唇。

"很久没找乐子，你们是不是心痒了？我们来玩个最彻底的吧。"

段仔跟着哈哈大笑，笑声在空气里结了冰。

干部拿棍子在虎口上轻敲了两下："什么是最彻底的事呢？"

大家站在原地不敢动。

干部胡乱一指："你，出来。"

老金磨蹭着走出来。

"你找一个人。"

"什么？"

"找个女人呗，"干部笑嘻嘻地把渔女拉过来，"你不是喜欢她吗？"

渔女不停地傻笑，嘴唇上的皲口撕裂了，鲜血缩头缩脑地拖出来，棉衣已经盛不下大肚子，几天前美佳将棉被裁出一条，裹在她的腰腹上。

干部一把扯开渔女的衣服，三四粒纽扣蹦蹦跳跳地落地。渔女受了惊，手臂往胸前一挡。

老金突然哭起来："不。"

"你没资格说'不'！"干部往地上呸了一口。

"是的，没资格，你们这些咬来咬去的狗，你们这些垃圾。"段仔赶忙接茬。

"是你自己动手呢，还是……"

"自己动手，自己动手。"老金往地上一跪，怎么都站不起来。

"他妈的，有这样的好事还腿软，敢情不是男人啊。"干部架住老金的胳膊。

"希望那话儿别软了。"段仔把老金的另一条手臂一拎，单薄的老金腾空而起，趔趄了两下才站住。

渔女在干部的命令下乖乖脱衣服，棉衣里只有一件贴身布衫，棉被缝成的肚兜松松地搭在乳房下。寒冷和众人的目光像虱子一样，她抖抖身子，就把它们抖掉了。她的身体起了很大变化，乳房瘪瘪垂着，乳晕化出脏兮兮的颜色，鸡皮疙瘩满身都是。她在乳房边搓了两下，将手指伸到嘴里舔，又一行口水流下来。

"快一点，骚货。"

渔女抽了抽裤带，结松开，棉裤褪到地上。赛先生和阿发低下头，大西北在叹气，老金哭得更凶，波波靠着墙，把头埋在手臂里，发婆和美佳嘤嘤噎噎，我努力把鼻尖上的酸忍回去，提醒自己：你不是恨她吗？这下好了!美佳抽泣道："真可怜，她要生了呀。"我的眼泪终于落下来。

段仔和干部三两下扒光老金的衣服，老金蜷成一团，他们把他从地上拖过去。渔女叉开赤裸的双腿，圆滚滚的腹部像要马上爆炸了，肮脏的阴毛结成一束束的。老金抬头看她，双手交叉着捂在胸口。

干部把老金拽到摄像头前，段仔将他的身子掰开。

"果然软了，这么小。"

干部一棍击中老金的下身，老金嗷嗷乱叫。

"这不就挺了嘛。"

老金背对我们，摄像头高高俯视，像只掉了睫毛的大眼睛。

这时，渔女的腿间开始淌水，美佳第一个发现："看，快看。"

"怕是羊水破了。"发婆说。

渔女的五官挤作一团，整个人突然向后直直仰倒。

"怎么回事，怎么回事!"段仔拉她，一拉，渔女惨叫。

"生了，要生了!"发婆浑身打战。

"你还不帮忙!"干部也有点发慌。

"讲不定她是装的。"段仔道。

"你这蠢货!"干部剜了他一眼,段仔满脸悻悻。

发婆和美佳围上去,男人们自觉地转过身,老金扑向他的衣服,手忙脚乱地往身上套,只有段仔好奇,站在不远处看。我不敢走近,美佳宽阔的背挡住了渔女。发婆在指挥,美佳笨手笨脚。渔女的哭喊声煞是凄惨。

"按住她,美佳,按住她。"发婆嚷嚷。

"啊——"一道尖厉的嘶叫盖过了所有声音,混乱停止。我感觉棚顶马上要塌了。天色阴沉,风刮进壁缝,像很多鬼魂在吹口哨。渔女死了一般躺在地上,发婆和美佳保持半蹲的姿势。我跟着众人围过去。

发婆手上托着的小东西,脐带还连在母体上。这是个浑身发蓝的婴儿,瘦得像枚晒干的果实,静得连呼吸都没有,眼睛却睁得奇大,凶狠地盯着发婆托举他的手臂。最让人恐惧的是,他的头颅像被人削过一刀,整个后脑勺平坦坦的。

"怪物!"发婆惊叫着松手,婴儿掉在地上滚了两滚,终于哭出第一声。

"呜——"这声音更像是呻吟,细细的,犹犹豫豫的。随着这声哭泣,他开始呼吸,身体渐渐转成肉色。

"妖孽,遭天谴啦!"阿发拽着发婆往后退了一步。

其他人也纷纷后退。我拉了拉美佳,她紧紧抱住我。渔女和婴儿周围空出一大片地。丑陋的小东西开始缓慢地摆动手脚,他的头皮是透明的,浆白的大脑在薄皮肤下隐约可见。渔女醒转过来,嘴唇发黑，面孔肿胀。她试着动两下，发现头颈僵住了，就伸手在地上摸索。

"别让她看到！"发婆声嘶力竭地喊。

不知是谁把婴儿抱起来，脐带被扯断了，血喷出来。渔女的手向半空伸了伸，突然重重地垂回去。

60

大西北和老金抬着晕厥的渔女先走了。新生儿被装进一只纸箱子，他浑身又黏又凉，美佳给他裹了块布，他的平脑袋露在外面，怨毒地看着这个世界。干部命令发婆把婴儿带回去，发婆不肯。

"你敢不听！"干部挥了挥木棍，她只得依从。

发婆捏住盒子边，伸直手臂，尽量让小孩远离自己。她和波波跟在阿发后面，波波好奇，想扒上去看两眼，遭发婆大骂。赛先生在我和美佳的前方不远处默默走着。美佳举着一块油布为我遮雨，硕大的雨珠还是砸进来，隔着棉衣都感觉到痛，湿了的衣服贴在身上，皮肤快结冰了。

雪已经停了，雨越下越大，风刮得凶狠。波波的油布被风吹掉了，他在雨里缩头缩脑地跑，去捡那块小得遮挡不住任何东西的布。风小了些，雨点的砸地声就更响亮，但风显然不甘落后，马上又憋足了气狂卷一通，所有人都被刮得顺风斜出身子，平地正中的岛旗突然啪地被吹倒，底座整个掀翻起来，走在附近的赛先生奔过去扶。

这时，阿发一声惨叫："风啊，地啊，我的地啊！"边叫边向坡地跑去。

发婆来不及阻拦，手里的婴儿一扔，紧随其后。波波捧起纸盒，跌跌撞撞地跟上。美佳推推我："过去看看。"

我瞥了一眼赛先生，他正蹲在倒了的岛旗旁，脑袋几乎贴着底座，双手在地上胡乱摸着，对周围的一切置若罔闻。

连日狂风暴雨，海水终于又冲过堤坝，将低地淹得一干二净。阿发跺着脚哭喊，发婆把他往平地上推，美佳过去帮忙，三人扭作一堆。突然，阿发咬了发婆一口，发婆手一松，阿发反转身子，膝关节猛顶美佳的肚子，美佳顿时蜷到地上。阿发纵身跳下坡，发婆扑过去拉，没能拉住。我和波波同时冲上前，只见阿发顺坡骨碌碌地滚到水里，再也看不见影儿。海水继续往上涨。

"作孽啊，遭天谴啦！"发婆也想往下跳，被美佳拦住。

海水冲上坡，吐出白乎乎的沫子，像酒足饭饱的人滋着口水。突然，发婆瞅见波波放在一旁的纸盒子。

"妖怪，都是这个小妖怪。"她甩开美佳，冲向盒子，一脚将它踢下去。一个浪起，婴儿在半空从盒子里飞出来，大海再次张开嘴，接受它的祭品。

雨小了，风停了，世界突然安静下来。每个人都呆呆站立，筋疲力尽，恍若梦中。

"俺晓得的，俺早就晓得的，这土地迟早要了他的命。"发婆的嘴像只不停淌水的阔边漏斗，泪珠夹杂大粒的眼屎，混着雨滴，在脸颊上涌成两道泥石流。

61

　　例会散得早，大家约好去看发婆。进门一瞧，她正对着老伴的枕头讲话。一屋子老人臭。我捏起鼻子。

　　"老发一直想着种地，都想疯喽。没了地他就不能活。俺咋这么命苦。娃儿们也不要他了。俺只能嫁鸡随鸡，嫁狗随狗。家里的田地被收了，修什么路。其实俺说哩，踏踏实实过日子不挺好吗。老喽，折腾不起，还能几年活呀，可老发就不听……"

　　发婆自顾自絮叨，我们听了一会儿，觉得无趣，就退出来。

　　路上，我问美佳："赛先生呢？"

　　"什么？"

　　"你瞧，除了渔女在家休息，其他人都到了，只有赛先生没来，"我越想越不对劲，"刚才例会上，他一直表情古怪，心神不安。你和他说起探望发婆的事，他也心不在焉。你注意到了吗？"

　　"他经常心不在焉的呀。"

　　"这次不一样。平时他一副满不在乎的腔调，但今天却像做了贼，有点心虚，眼神躲躲闪闪的。"

　　"咦，还真是呢，给你这么一说，我也觉得奇怪。"

　　"赛先生——"美佳推门。

　　屋里没人，床褥凌乱，赛先生果然不在。

　　"天哪！"美佳叫起来。

事情倒没出乎我的意料。

"有一种可能，"出了门我悄声对美佳道，"也许赛先生发现了出岛的通道。"

"什么通道？"

"你再想想。"

美佳眼神一亮，又黯下去，并不十分确定。

"就算是猜测，去看看也没坏处。"我道。

美佳决定和我共进退。我们躲在被窝里小声商量，越说越兴奋，最后一致认定，赛先生的失踪只有这一种可能。但我俩逃出岛的希望，仅限于赛先生的事被揭穿之前。

62

事不宜迟，收拾细软。我让美佳去问老金借手电，可能路上用得着。作为交换，美佳把我们的棉被留在了他那里。

半夜时分，雨终于停了。摄像头那边，康船长应该已经入睡，等明天他从监视录像里发现，我们早已逃得无影无踪。但怕碰到起夜的人，横生枝节，我们决定分别离开，美佳先出去，在岛旗旁等我。我抱着"小青"躺在床上，兴奋和紧张把我烧得滚热。正算着时间差不多，准备起身，忽见美佳慌里慌张地跑回来。

"怎么，被人发现了？"

她摇摇头，拉起我往外走。

美佳让我做好思想准备，但我还是差点尖叫起来。渔女的脑袋在旗杆上摇晃，晃了两晃正对住我。披散的头发把半边面孔遮到黑暗中去，另一侧的眼珠在月光里泛着白，舌头从微开的唇缝里伸个尖儿出来，像在费力舔着牙齿外的什么东西。她整个人吊在半空，脖子上是美佳给她的棉被肚兜。突然旗杆吃不住力折断，渔女咚地掉下来，在我脚边瘫作一堆。

"天——"美佳轻呼。

尸体压住了我的脚尖，我心头震了震，浮起一股不真实的感觉。

"她为什么要想不开？她看见自己的小孩了吗？她知道它死了吗？"

渔女背脊朝天，四肢埋在衣服里。

悬挂，死人，血……脑袋涨得厉害，继续梦游，有可怕的怪物藏在梦的深处。我朝半透明的光亮走去。

想一想，再想一想……

"小莲，你怎么不说话？"美佳的声音从远处传来。

你会想起来的……

"有什么人挂着？有什么人挂着？"我问自己。

它们时而清晰了一点，时而又迅速隐退。世界含混一团。我不喜欢这样，我要的是事实，不可辩驳的事实。

渔女的背上升起一张面孔，我试图看确切。

外公，是外公。

他挂在那儿呢，厨房扎米袋的麻绳勒在他的头颈上。

别怕别怕，阿婆抱。

这一瞬间，光线刺穿梦境的暧昧，周身亮堂起来，被禁抑的记忆汹涌而至，冲刷着我。我呆了半晌，居然不知自己是站着飘着，还是已颓然倒地。

　　是的，我想起来了。

第十二章

63

　　"听着，我们不能再这样下去了。"明先生把我从怀里轻轻推开。

　　脑袋一下一下地疼，我有点慌乱："明先生，你要不要再吃一个苹果？"

　　"别岔开话题。"

　　"茶要凉了。"

　　"认真一点好不好？你在听我说话吗？"他把我手里的苹果放回桌上，又把我另一只手上的水果刀放回桌上。

　　"我知道，你不要我了。"我大叫，上去抱住他。

　　"我们一直是好朋友，以后也还会是的。"

"我知道。"我松开他。

有只小虫在台灯罩上，点了一点又飞走了，风吹起窗帘，盖住靠窗的一排书。我的目光从窗前回到明先生脸上："你和那个大眼睛女生勾搭，不要我了。"

"什么大眼睛女生，你在说什么？"

"就是最近常来你家的那个，眼睛大大，睫毛长长，老爱朝人眨巴眼睛的，我在窗口悄悄看到的。"我突然想大喊大叫、踢他打他，想一个耳光甩过去，把他拒人于千里之外的眼镜扇落下来。

"别以为我什么都不知道，我看见了，你亲她抱她，还拉拢窗帘，你们在干什么？你说过你喜欢我的……"

"你有什么资格监视我？方蓁岷，我告诉你，你一开始就误会了，我们从来都只是普通朋友。"

"普通朋友会拥抱接吻吗？"我搂住他，脑袋贴上他的胸，男式衬衫领口的味道洁净而冰冷。

"我吻过你的嘴唇吗？"

"没有……可你吻过我的脸。"

"这算什么，你是我的小妹妹。"

"我给你削苹果，你喜欢吃的。"我伸手胡乱找摸，被他牢牢抓住。

"别这样。"

"我不漂亮吗？"

"漂亮。"

"不年轻吗？"

196

"年轻。"

"是我不爱读书吗？"

"这个无所谓。"

"那你为什么不要我？"

"什么'要'不'要'的，我们是好朋友。"

"你说，你为什么不要我。"

"算了……"

"你说!"

"我……没有不要你……你的情绪太不稳定了……"

"我的情绪很稳定!"我快把自己的声带震碎了。

"你还是个孩子……"

"孩子？你是嫌我胸脯不大，是不是？"

明先生嫌恶地看着我，他和他老婆一样，有语言洁癖。

我想住口，可住不了："我知道，男人都喜欢我妈那样的大胸大屁股，或者是你那个小狐狸精……"

"闭嘴，你在说些什么!"明先生的鼻尖蹙起来，仿佛要把肮脏的词汇挡在呼吸之外。

"不闭嘴不闭嘴……"我靠上去。

门突然咯吱开了。

"好啊，要不是我东西忘带，还捉不了奸呢。"明太太的嗓音太过刺耳，我拼命把头埋进明先生怀里，他将我往外推，我死活不放手，明太太也过来拉我。我被二人合力扔出去，倒在沙发上。

"我要去反映，现在就去反映，"明太太歇斯底里，"我就怀疑

197

呢，干吗你好好的公共课不上，外快不赚，整天给这个神经病补什么课，原来是别有所图啊！"

"瞧你长成这德行，男人会喜欢吗？"我从沙发里蹦起来，明先生把我狠狠摁回去，他的动作野蛮极了，这不是明先生。

"是啊是啊，你这小狐狸精，我要告你们，我要向领导反映。你职称别评了，副教授别当了，张明，我要让你身败名裂！"

"陈淑芬，你不要太过分，我清清白白、本本分分，身正不怕影子歪。"

"放屁！"

"陈淑芬你也是个知识分子，怎能说话这么难听！"

…………

两人的声音在比赛爬楼梯，一句比一句升得高，都试图把对方压倒。明先生额角的青筋根根暴出，五官也有些变形；明太太更可怕，眉眼鼻口七歪八扭地满脸乱跑。

突然，明太太扑过去当胸捶了明先生一记，明先生反手一耳光，明太太惊天动地跳开，夸张地捂住受了捶的脸："张明，我这就去，去找萧院长！"

明先生急了，顺手抄起桌上的茶杯，朝她掷过去。我下意识地遮住脸，指缝里最后看到的，是明太太错愕的僵硬表情。

等我把手挪开，明太太已经半伏在地，背脊弓在桌椅之间，一只手还搭在桌沿上。杯子砸来的一刻，她往旁边一闪，不小心被椅子腿绊到，往后一摔，脑袋撞在桌角上。剧烈的动作在一撞之下停止，整个身体慢慢往下滑。

桌沿上的那只手终于也落到地面，明太太像松了线的布偶，用完后一扔，手脚就随意地搭散着。明先生将她的上半身扶起来，那只脑袋靠住墙壁晃了两下，面孔憋得紫涨，黑框眼镜被震断一条腿，在另一只耳朵上岌岌可危地耷拉着，小眼睛直呆呆地暴露在空气里，像问题提到一半时好奇而诧异的样子，半开的嘴角流出口水，顺着颌骨直到头颈上。一个丑女人的丑，终于在死亡的瞬间达到极致。

屋里的其他两人动也不动。我将指头稀疏地捂在眼睛上，仿佛要把可怕的景象挡在外面。明先生右臂微伸，左手往下按，保持扶起明太太的姿势。很长时间才缓过神，明先生将手一垂，身体重重靠住身后的桌沿。

"天。"他轻叹。

"我要走了。"我在沙发里慌慌张张找我的包。

"蓁蓁，你别走，"明先生过来拉我，"现在只有你救得了我。"

我把手抽出来。

"听我说，如果你承认是你不小心干的，我们会一点事都没有。"

"为什么？"

"蓁蓁，你放心，他们不会为难你。想想我们的未来，我将娶你，你会很幸福的。"明先生抓起我摇晃，我几乎双脚离地。今天的明先生真讨厌，仿佛另一个人跑到他的身体里去了。

"你脑子有问题，他们不会追究的！"明先生大叫，眼窝像要瞪裂开来，嘴咧到耳根上去，大半排被烟熏黄的牙齿不雅观地裸着。甚至他的体味也变得酸酸的不好闻。

"你吹牛，你骂人，你在说什么呀……"

"你肯不肯帮我？"

"你在威胁我？我要走了，我受够了。"我从沙发靠垫的缝隙里抽出我的包。

"你这自私的女人。"他扑上来夺包，不小心被明太太的尸体绊倒。

"可能她还没死呢！"我紧拽住包带，朝书房的门冲去。

"她真的死啦！"明先生叫到最后一个字上，突然声音走调，"呃呃"了两记就没了下文。我握住大门的把手，身体颤抖不止。只要他再嚷一声，我就飞快逃离。

静得可怕，似乎每往回走一步，都会有怪物扑到我的肩头。隔着客厅的玻璃大茶几，我看见明先生横在地上，一手压在胸口，另一手爪子似的蜷曲着，扣在脑袋边的方格木纹地板上。

"喂，怎么了？"我隔着茶几问。

"有事好商量。"我慢慢靠近。

他的头很重，搂在怀里感觉温热。这又是我熟悉的明先生了，安静、文雅，他的手紧捂在心口，腕部硌住我的膝盖，有点不舒服，我想把这只手掰开，可它贴得死死的，像守财奴捏紧他的最后一枚金币。

我将明先生拖到沙发上，这费了我很大的劲儿，途中碰翻书架上的一排书，弄倒一只折叠椅。我把他在沙发上端端正正地摆放好，沙发巾从靠背上蹭了下来，我将它盖在明先生身上。那只该死的手还捂在胸前。他在和我赌气，不理我，想吓唬我。我隔着沙发巾摸他。

"看看你的老婆，就知道我有多好。"我转身去搬明太太。这女人很瘦，抬的时候却死沉死沉。我把她放在明先生身边。她凸出的眼珠瞪着我。

"别这样看我。"我用沙发巾擦掉她嘴边的唾液，巾上留了一条黏的印子。明太太想靠到明先生身上，我把她难看的脑袋摆正，她又歪过去，我生气了，重新摆正，用手固定了一会儿，再慢慢松开，她终于不再乱动，呆望着翻飞的窗帘。天黑了，风很大，我在玻璃桌上重新找到我的包，还有明太太搁在那儿的房门钥匙，轻轻走出去。

64

想起来了，我都想起来了。

"想起什么了？"美佳正在检查，并且已经确定，渔女的呼吸完全停止了。

"想起了忘记的事。"

渔女的头枕在美佳怀里，睫毛被月光拖出两排很密很宽的影子。这是她死时仅存的美丽。

"我们怎么办？"美佳抱着渔女有点舍不得。

"马上走，别管她。"

"可是……"

"别管她！"

美佳叹着气，把渔女的尸体放到一边，两腿摆正，双手搭在胸前，再将被扯断的棉被肚兜蒙在她脸上。

岛旗早就残损不堪，小半截棉被条还挂在旗杆顶上，被风一吹，像只孤零零的手招引着我们。美佳移开底座，下面是一块木板，被雨水泡得又黑又软。顺着侧旁留出的小缝把木板抠起来，一声咿呀的铰链响，黑洞洞的地道口果然露了出来。

"我猜得没错吧。"我欣喜若狂。

"你能确定是……"

"当然，这是唯一的机会了，"怕她再犹豫，我加重语气，"想想阿发和渔女的下场。"

美佳咬着嘴唇，朝我点点头。

月光照到洞底，隐隐约约的看不清楚。

"你先下。"

美佳先下。她将壮大的身体整个塞进洞里，再一小点一小点左右挪着往下蹭。

"到了吗？"

"到了。"

"下面怎么样？"

"很湿，而且……"

"什么？"

美佳顿了顿："我看见阿乌了。"

我爬下去，潮湿的气流将我裹住。人体排泄物的味道，木料腐烂的味道，还吸进两粒小灰尘，粘在鼻毛上痒痒的。秘道口极小，呈方形，四壁凹凸不平。左脚够着一个凹陷，踩住，半个身子进去了。小心地找落脚点，这些小凹陷整齐地排成两溜，但彼此离得过远，我只得绷紧脚尖，挨着道壁慢慢摸索。没下几步，脚底抽了筋。

"小莲，你跳下来，我接着。"美佳伸出双手。我往下一跳。

是阿乌。洞底一个小囚牢，密匝匝的铁栏杆。身体的其他部分隐在黑暗中辨认不清，但那双亮眼睛射出的光却是熟悉的。他手扶牢门，贴过身来，脸被杆子隔成一条一条。

"原来他们把你关在这儿了。"我说。

阿乌的左臂细了一大圈，皮肤松瘪下去，肘关节直愣愣地凸出来。他意识到我在注视他，难为情地抖抖胳膊。

"你的伤怎么样了？"

阿乌的脸隐到黑暗里。

"我们要走了，不能多说，阿乌，你自己保重。"

我的眼眶上结成几点小水珠。阿乌探过身，隔着栏杆想抓我，我往后一仰，他扑了个空。

"我们真的没办法救你。不过放心，他们应该不会为难你。"

阿乌摆摆手。

"我们走了。"我退后两步，观察周围的形势。

洞底不大，两三米高，四五米见方，地下淌了两个大水塘，墙壁应该是水泥的，黏糊糊的似刷了一层鼻涕，我触了一下，手指飞快地缩回来。脚底有些乱七八糟的什物，踢到就丁零当啷乱响，我就着月光，小心地避开它们。突然，我浑身一凛。

"美佳，我在想……"

美佳回头看我，她正在推着什么东西。

"……为什么刚才洞口是关上的。"

"什么意思？"她停下来，一脸不解。

"如果赛先生已经逃走，并且没被发现，洞口就应该像现在这样开着。但我们来时，底座已被人搬回原位了。"

美佳眼睛一眨不眨，阿乌在旁啊啊了两声。

"也许……赛先生进来后，又出去了呢？"

"不，这几乎不可能。"我和美佳同时朝上望，通道末端非常光滑，没有借力的地方，几乎是进得来出不去。

"啊呀，我们先不要管这么多，"美佳的声音有点打战，"我们已经下来了，对不对？总是可以想办法的。这不，我刚才发现了一扇门。"

她指给我看，门隐没在阴影里，和周围的墙壁一样，湿答答地爬了很多脏东西。

"推不开，不过应该是通到禁林方向的。"

她顺着洞壁继续摸，希望能够再有发现。我索性站在原地等她。鞋子湿了底，凉冰冰的很不好受。我犹豫着是否该过去再和阿乌讲几句话，想想就忍住了。

"小莲，有了。"美佳突然兴奋地叫。

65

她让我看她发现的一个洞口。

"可这是通到哪里的呢？"这洞正对着那扇打不开的门，"这是

204

通到海里去的。"

"有通道就有出口，有出口就有希望，"美佳乐观的理由并不充足，但我们别无选择，"好歹试一试啦，总比死待在这儿强。"

照例，我让美佳先进去。洞口只比肩膀宽出一点点。美佳挤进去的姿势十分难看，怎么努力脚始终在外面，我用力把它们推进去。

我回头看了一眼阿乌，他还扒在栏杆后面，观察着我们的一举一动。我走过去，在他手上亲了一下。

"你这都是为了我，我会记得的。"

阿乌再次伸出手，拉到我的一缕头发，捏在指间摩挲。即使在黑暗中，他的眼神也是透明的。我将脸靠到他手背上蹭了蹭。

美佳进去以后没有动静。

"美佳，你在吗？情况怎么样？"

她的声音从洞里传来，闷闷的听不清。我决定自己爬进去看个究竟。洞里满是灰尘，不时有泥浆掉下来。我被呛得连连咳嗽，喉咙里吸进更多灰尘。洞内比洞口更低窄，除了两只可怜的肘关节，身体的其他部位几乎不能动。我往前移了两三下，手臂一软，倒在地上，鼓鼓的"小青"硌得胸口直疼。我挣扎着将自己重新撑起来，再往前移。一块凸起把左手臂擦破了，过了好一会儿，我才感觉那儿痒痒的，一拈一手湿东西。

黑漆漆的看不到美佳，不远处有人喘息，循声过去，那声音似乎越来越远，停下休息的时间则越来越长。绝望之际，有东西突然迎面蹿出，爬上肩膀，沿着腰际飞速过去。是只老鼠。我看清了，有光，很微弱，但足以认清物体的轮廓。黑暗中待久了，也许出现幻觉，但活物从身上经过的感觉还停留着。我将手掌举到面前，辨出了它的形状。

"美佳，有光！"

我听见自己的喘息，再也爬不动。

许久，美佳模糊的声音响应过来："回去，快回去！"

过了一会儿，感觉美佳的脚在头顶蹬我，我被迫往后退。退回洞口时，衣服破损不堪，身上多处流血。

"究竟发生什么了？"

美佳大声地咽口水。

"发生什么了？"

"赛先生，赛先生……"

"赛先生怎么啦？"

美佳哭了起来："赛……他在里面。我摸到他的脚……手电打不开……不亮。"

"然后呢？别哭，慢慢讲，现在谁都帮不了我们。"

美佳深吸了一口气，努力镇定："我摸到他的脚，他不动。我喊他，他还是不动。"

"那你是没有看清楚喽。"

"是的，啊，不，不，有一些光，是从通道那边透过来的。赛先生他整个身子卡在那里，屁股半撅着，一动不动。他的脸在另一边，但我能感觉到，他就是赛先生。"

"我顺着他的脚摸上去，就摸到这个。"美佳向我挪了挪身子，手伸到我面前，指头和半个巴掌被月光照出深深浅浅的蓝。

"血，是血。"

"拿开你的手。"我感觉快虚脱了。

"开始我就觉得湿，还不知道是什么。"美佳又抽泣起来，手掌往洞壁上拼命摩擦。

"别大惊小怪的，你又不是没见过血。"

黑暗中沙沙的摩擦声让人恐惧。

"不是……我觉得，我们也会像赛先生那样的。我们也会死的。"

"废话，每个人都会死的。你快闭嘴吧，真让人讨厌！"

美佳停止动作，不出声，努力抑制呼吸。我突然意识到，如果自己真的死了，世界上只有这个人会难过。

"对不起，美佳，我心情不好。"

"啊，不，不，你骂我是应该的。"

我突然生出一丝愧疚，像是第一次意识到，美佳和我一样，是个有感受有想法的人。

"我再看看，有没有别的出路。"她的语调欢快起来，又开始这里摸摸，那里敲敲。

我这才发现自己躺在一个水塘里，挣扎着起来，往铁栏边爬，把湿了的背往杆子间一靠。阿乌贴上来，他在轻轻触碰我的头发，呼吸喷在我的头皮上。一切像在做梦。

66

美佳挨着我坐下："再想想，总有办法的。"

"我看，我们没被人当场崩掉，已经不错了。"

"还有那只手电筒，你猜我打开电池盒看见什么？"美佳气呼呼道。

"什么？"

"一块干粪!"

"死老金!"

"我们就坐在这儿等死吗？"美佳凑近来，我顺势伏到她怀里。

"最坏的不过如此，也许未必会死。"

美佳察觉到我的衣服湿了，用手环住我，给我取暖。

"能和你在一起，就是最幸福的事情。"

"肉麻。"我推了她一下，心里不再反感。

阿鸟、美佳和我，每个人尽力靠近彼此，我的身体渐渐暖和了。

"小莲。"

"嗯？"

"你说，你刚刚想起了什么？"

"嗯？"

"你在洞外时，大呼'想起来了'，究竟想起什么了？"

"我想起了明先生。"

"明先生？"美佳咕哝着，环绕我的手臂微微夹紧，鼓励我说下去。

"算了，不说他。"

"你想他。"

"我没想他。"

"你……"

"我根本不爱他。"

"可是……"

"我是说过爱他，其实搞错了，我爱的只是假象。"

"什么？"美佳弄不明白，但怕我不耐烦，赶忙补一句，"噢，假象。"

"这些假象高高在上，压迫着我。"

"算了小莲，不讨论他，我们讲点别的。"

我的头脑被挖空了，一股空荡荡的悲哀将我打倒。

"你还想起什么了？比如童年，一定有很多好玩的事吧。"

"童年……童年我有一个外公。外婆死后，他进了城。那时我还小，七八岁的样子。外公耳朵背了，眼睛花了，不识字，也没人说话，被妈妈关在楼梯转角处的储存室里。

"妈妈对任何东西都很讲究，比如在吃方面，不许我碰零食，因为零食'粗俗'，把菜弄得很难吃，因为少盐少油不会生癌。每天晚饭她喝牛奶和红葡萄酒，高脚杯、茶具、糖盒、奶罐，七七八八一大堆。她其实不爱喝红酒，每次都皱着眉头一饮而尽，她告诉我：要学会爱自己不爱的东西。她学会了爱她的'品位'，一个乡下妹子，现在也算跻身所谓的上流社会了，但骨子里还是自卑的。

　　"她的乡下爸爸也让她感觉自卑，所以把他关起来，不让外人知道，甚至吃饭也不同桌，让秀姨选两样菜端去。秀姨是个势利眼，不给外公好脸色看。外公抱怨，妈妈就漫不经心地敷衍。

　　"一次外公实在气不过，跑到楼梯上大叫大嚷：'闺女呦，下人也欺负我。'妈妈当场就说：'这老头疯了。'她面无表情，甚至没朝外公看一眼。

　　"一天这女人突发善心，允许外公和我们一起吃饭。外公吃着吃着，忽然把咽进去的肉重新吐出来。妈妈不知为什么哭起来，这是她第一次在我面前哭，她说：'你去死吧，你怎么不去死！'外公像是傻掉了，呆呆看着那堆嚼烂的肉。第二天他就上吊了。我第一个发现他的尸体。他叠着桌椅爬上去，把自己挂在一根屋梁上，舌头朝外伸着，对，就像刚才渔女那样，他脸上有很多鼻涕，脚底都是老茧。我当时吓傻了，后来很长一段时间，什么都不记得了。妈妈给我吃药，让我看医生，我的记忆才有所恢复，但始终记不起外公的死亡，只是在梦里，或者幻觉里，看到有个吊着的人影在晃。"

　　"刚才渔女的死触动了你，记忆就恢复了？"

　　"也许吧。记忆是无用的东西，它们太陌生了，属于另一个世界，美佳，它们和我一点关系都没有。"

　　"别这么想，如果记忆都不值得珍惜，还有什么可以珍惜的呢。"美佳带着正儿八经的说教味，但此刻我一点不想嘲笑她。

　　"我是一个没用的人。死了以后，除了你，大概只有阿婆会偶尔想起我，等她死了，你也死了，我就从来没在这世界上存在过。"

"还有你妈妈呢，她会记得你的。"

"别提了，这女人。我们彼此仇恨。我承认，她是个优秀的女人，相比之下她的女儿太平庸了。我只能仰视她。她漂亮、老练，很多男人围着团团转。而我什么都没有，瘦小难看，尖酸刻薄，什么人会喜欢我呢。我只有折磨自己，她不难过更不会愧疚，得意极了，因为她能控制我。她有很多眼线，家里家外，到处都是。她在监视我。"

"可是，她为什么要监视你？"

"我不知道，反正她就是监视我。"

"也许只是她关心过度，让你不自在了。"

"美佳，你不知道的，监视就是监视。我恨她。"

美佳不说话。

"她还有个情人。一个姓张的医生。他们不结婚，不知道是为什么。秀姨说是为了我。我真想吐口唾沫在她脸上。我讨厌他们，讨厌所有人。那个张医生，简直就是娘娘腔。你相信吗？我还真吐了一口唾沫，有次趁秀姨不注意，我悄悄跑进厨房，在一盘鱼鲞里吐了唾沫。张医生最喜欢吃鱼鲞，那种恶心东西，光闻味儿我就想吐。哈哈，看他津津有味地吃着我的唾沫，真是开心极了。"

"小莲……"

"怎么？你以为我过分吗？不，过分的是他们，不是我。他们总是想着法儿折磨我，他们希望我死掉，让我吃很多莫名其妙的药，看很多莫名其妙的毛病，官能强迫症啊，记忆失常啊，甚至什么'延迟发育'，就是躺在床上，让你不认识的白大褂男人在身上摸来摸去。"

"小莲，他们似乎是为你好。嗯，你别生气，我只是说句公道话。"

"哼，公道！你也敢和我唱反调啦！"顿了顿，我又说，"不过，我也报复了这个女人。你猜，我是怎么报复的？"

"怎么报复？"美佳的声音有点不自在。

67

"哈哈，你一定猜不到！那年夏天，家里来了很多客人，都是妈妈眼中有头有脸的人物。正巧绘画老师——一个姓李的老头——在隔壁给我上课。我勾引他，坐到他腿上，把他的手拉进我的裙子。我故意把门半开，李老头太慌张了，根本没注意。结果，有客人上厕所经过，目睹了这幅场景。哈哈，"我的笑声在洞底荡来荡去，发出难听的回音，"想想她那张老脸，往哪儿搁啊。丑闻啊——"

"小莲，这不好。"

"有什么不好，"我不笑了，洞里的光有些暗，是下半夜了，"我觉得好，简直太好了。甚至连细节都能回忆起来。那天我穿了一条浅蓝色纯棉连衣裙，上面有一排排咖啡色的小狗熊。"我朝微亮的洞口看，我看见了小狗熊们头上扎的大红蝴蝶结。

"你妈妈会感觉……"

"我就是让她不好受，她也让我不好受。这不，她也报复我了，硬拉我去做处女膜检查，那些男医生，唉唉，手脏死了，还有他们的眼神……你瞧，她永远都会赢。"

美佳搂得我太紧，我从她手臂里挣脱出来。

"是啊，她想折磨我，巴不得我死掉。我忍不住哭了，而且哭个没完。我知道这会让她得意。她不说话，也不看我，就坐在旁边听我哭，她在享受呢。你知道吗，那天回去后，我甚至决定杀了她，一了百了。"

"不可以这样的。"美佳在暗中摸索，想握住我的手，我甩开她。

"找来找去，只找到一把剪刀。半夜偷偷摸进她的房间，我还记得当时的情形，那么大的屋子，空荡荡的，她就睡在正中央的床上，整个人埋在睡袍和毯子里。还有风，刮得窗帘一阵阵响，我总感觉有人在窗外看着我。然后我就走过去，跪在她面前，举着刀。"

我顿了顿，美佳不说话。阿乌隔着栏杆靠紧我们，不知睡着了，还是一直听我们讲话。

"你……杀了她吗？"

"我在床头柜的镜子里看见自己，"我的心口有针扎般隐隐的疼痛，"我看见一个鬼，短头发乱糟糟的，身体瘦得像火柴，真丝睡袍太大了，被风吹得飘来飘去，袍子里露出一截细手臂，这么细，"我比画了一下，"还举着剪刀。你说，不是鬼又是什么？"

阿乌在挑动我后脑勺的头发，他的手指是温热的。

"晚霜的味道太浓了，她睡着时都那么优雅，头发一根不乱，双手合十放在脸旁。我举起剪刀的时候，突然恨起自己来。真正该被

213

消灭的人，其实是我自己！"

"那么，你杀了她吗？"

"没有，我剪了她一簇头发，头发落下来时，她闭着的眼睛里突然流出一滴泪。她在装睡，这个女人。"

"哦。"美佳松了口气。

"她睁开眼，这是我第二次见她哭。她边哭边看着我，我什么感觉都没有。真是的，我应该得意，应该嘲讽她，毫不留情地。可是……居然什么感觉都没有。她坐起来了，哭个不停。她老了，眼泪里有一股老年人的味道。酸酸的，有点发热发黏。"

"后来呢？她打你骂你了吗？"

"不，她说她是为了我好。她讲话总是那种腔调，假惺惺的。"

"也许她真是为了你好。"

"不，她想把我变成木偶，玩弄我，打击我，让我生不如死。"

"小莲，不是这样的。"

"你不懂，美佳。"

"我懂，我也有妈妈。自从我做那个手术以后，我妈再也不跟我说话。后来我到城里的精神病院打杂，临走前一晚，她躲在被窝里哭了个通宵。我原本也以为她不爱我了，那晚才知道，每个人爱的方式不同而已。"

她的语气坚定又陌生。我有点恼怒，可又驳不倒她。

沉默片刻，我又开口："我妈也说爱我。我嘲笑她眼里只有那个姓张的。她听了马上从床上跳起来。我以为她要掐我脖子呢，结果她走过去把门关上了。她一直都那么要面子。然后她回到床上，又叫我的名字：蓁蓁。叫得很慢，像在想心事。你猜她接下去说什么？她居然说：我知道，你有时会出现这样那样的幻觉，我不怪你……那些药很贵，可看来效果不大。张医生已经在想其他办法了。

"听到这话，我就生气了，跑去把门重新打开，对着外面嚷嚷：爸爸是你害死的，现在又想来害我。你以为我会投降吗？不，决不！整条走廊都是我的声音，我想他们都听到了，阿婆、秀姨，还有老丁。"

"你爸爸真是她害死的吗？"

"外公自杀后，我受了刺激，有点犯糊涂。现在回想起来，他可能是病死的。不过无所谓，无论怎样我都恨她。我对着空荡荡的走廊大喊：我恨你，我恨你……她就那么听着，反复嘀咕说她是为了我好。然后她又哭了，原来她也爱哭。"

"小莲，这是你不对了。"

"我有什么不对？她居然有脸说，张医生是家庭医生，他们只是普通朋友。"

"这也有可能。"

"美佳，你这个笨蛋。那女人给我的生活根本就是骗局。我宁愿待在这个破岛上，受冻挨饿反而更真实。你看，现在我没有妈妈，也没有明先生，我自由了，很多积压在这儿的东西都释放了出来。"我指指心窝，突然感觉一股暖流从胸口涌到腹部，肚子一沉。

美佳顿了顿，怯声道："我不明白，为什么现在比那时更好？难道吃饱肚皮不是最重要的吗？"

"光想着喂饱肚皮，就成猪猡了，"我冷笑，"她后来不停地

215

说，她小时候是农村的穷孩子，吃不饱饭、买不起衣，乡下口音让人瞧不起。她只想让我有出息，她说我是幸福的。她还提到爸爸，说做女人辛苦，不得不周旋，何况我爸爸死得早。

"她居然有脸提爸爸，并且口气轻薄。我正告她，她不配提。你猜她怎么回答？她说如果爸爸活到现在，我未必会喜欢他，她说我虚构的成分太多，整天活在幻想里。

"这些话完了以后，天就亮了。我记得，天是从窗帘后面一点点亮起来的，风特别凉，我的手脚没有知觉了，身体却火烫。我看清她的脸，老了，很疲倦，下巴挂满泪珠，表情还是相当克制。

"她当时最后问了我一句话：'蓁蓁，你原谅我吗？'她要我原谅她。我突然可怜起她，想过去抱抱她。这是我唯一一次起这样的念头。"

"那么，你原谅她了吗？"美佳的声音涩涩的。

68

"我就站在那儿，是早上了，听见鸟叫，还有牛奶车柄上的小铃，我在想，我该原谅她吗？铃声特别清晰，就那么叮叮咚咚地从窗口过去。她盯着我看，眼睛一眨不眨。我就让她那么瞧着，走出去，在关上门之前，我回视她，对她说：'不，我永远恨你。'"

"小莲，你该原谅她的。"

"为什么，为什么要原谅她？"

"原谅别人，就是原谅自己，你该想想，你从没做错过吗？"

"没。"我的嗓子眼里泛起一阵苦味。

美佳叹了口气："至少我做错了，所以我原谅别人，每个人都是有罪的。"

"不，不是这样。总有人能避免做错事。比如你，美佳，不就是吗？你这么善良，心肠这么软!"

"我有罪，小莲，我一直被我的罪折磨着。"

"什么，美佳，你说什么？"

"小莲，"她的声音轻下去，像马上要睡着，又似乎是没了力气，"我时常想起12号，他就那么呆呆地翻着眼，看着血从自己的额头流下来，神情绝望极了。"

"别说了，美佳，那个人该死。"

"不，小莲，你不知道……你摸我这里。"美佳抓住我的手，放到她的后脑勺上。我感觉到一块凸起。

"那是什么？"

美佳将我的手指塞进她又厚又脏的头发。凸起十分坚硬，中间微陷下去，像半颗蛀空的牙齿。

"是戒指，发婆的戒指。"

我停止了动作。

"小莲，我不是故意的，那天上厕所路过，恰好看见发婆的衣服放在桌上。以前浸泡衣服时见过那戒指，当时也不知怎么了，鬼迷心窍地走进去。后来例会上，我是想坦白的，但一直没机会，"她顿了顿，"也没勇气。"

"我很害怕，当时偷了就琢磨该藏哪儿。最后想出个主意：用一缕头发把它扎住，贴在后脑勺上，头发一盖，没人会发现。"

"亏你想得出。"

"可是，小莲，"美佳哭起来，"你摸，你摸摸看。"

我顺着摸，这个圆环状的东西缠着几绕毛发，稳稳贴住头皮，像是从那里长出来的。

"头疼，它让我一直头疼。它长到我身体里去了。我害怕极了，拉它，拔它。睡着时不小心仰卧，就会痛醒。这是对我的惩罚，小莲，我们做的任何事，老天爷都睁眼看着呢。"

我感觉恐惧，想把手缩回来，却被美佳一把握住。她的呼吸狂乱。阿乌拍打着栏杆，嘴里发出阵阵呜咽。

"小莲，帮我把它拿出来。"

"你疯了！"

"不，求你，我求你！"美佳突然伏在我腿上，身体剧烈抖动，"它又疼了。"

半枚戒指深深嵌进头皮，一碰，美佳咝咝地吸冷气。

"别顾我，只管拔。"

我想先把缠着的头发挪开，它们已牢牢地纠结在一起。只能连头发带戒指一起拔，美佳的脑袋跟着我的手移动。她惨叫起来。

"阿乌，快帮忙，按住她的头。"

阿乌顺从地从栏杆后面伸出右手，还勉强把中过子弹的左手举起来，靠到一根铁杆上，左右夹住美佳的脑袋。我捏紧戒指，一拉，戒面被头皮分泌的油脂弄得黏黏的，它从我手里滑出去。美佳已痛得缩成一团。

"忍忍，再忍忍。"我在衣服上擦干手指，试了两三次，戒指终于出来了。微小的撕裂声，我的手背忽地一热。阿乌还捧着美佳的脑袋，她的身体已经松垮垮的。

"阿乌，放手，东西出来了。"

阿乌双手一松，美佳软倒在地。

我在微弱的晨曦里凝视这枚戒指。再普通不过的老式镂花戒，擦掉血污，拉掉缠绕的头发，它的半个面已经扁平，另一半依稀可辨原先的花纹。

阿乌摇响栏杆，我伸出手去，指头上滴到什么东西，这才发现，美佳在流血，血顺着她的头发滴滴答答淌下来。我去扶她，她的脖子后面已经湿了一大片。

"我要死了。"美佳拉住我，声音像个小孩子。她的额头也开始渗血。抬眼看我时，血流进她的眼窝。

"12号死时就是这样的。"

"别乱讲，你不会死的。"我抱紧她。

我想撕衣服下来替她包扎，撕不动。

"阿乌，帮忙——"

阿乌用他没受伤的右臂，与我合力撕下一条衣料。包扎伤口时，美佳扭动身体，她后脑勺陷进去一个小缺口，像被活生生剜掉一块肉。血浸湿包扎带，美佳的面孔在凌晨的微光里惨白可怖。血把她的双眼蒙住了。

"小莲，替我擦擦，眼睛，我的眼睛啊。"

我手忙脚乱，突然想到什么，从怀里掏出"小青"。明先生的书。我撕下一页，把它覆到美佳脸上。书页马上湿透。我再撕一张。

"别撕了，我知道你宝贝这书。"

"这书……"

我停下动作，与内心的悲痛搏斗，过了几秒钟，我胜利了。

"这书带在身上又重又麻烦，我不要了。"

我把吸了血的纸张揉起来扔到一边，它们泡得又软又胀，三三两两地散着。纸张离开书本时的一声声轻响，仿佛在一下下卸掉我心头的包袱。我用机械的手势继续着，美佳轻轻推我，她看起来像个血人，她的手冰凉。

"不用麻烦，我想我是要死了。"凑到她嘴边，才能听清她的话。

"傻瓜，一个大活人，哪会那么容易死。"

我扔开书，书掉在水塘里。我朝它发出声音的方向最后看了一眼。

美佳挪挪身子，我抱紧她，突然腹部又是一沉，什么东西渗出来。事实上它们早就在悄悄流淌，刚才一汹涌，我才觉察到。大腿根有点酸麻，液体还在涌出来，我的下身被浸没了。

"我也在流血，我也要死了！"

"哪里？"

"那里。"

美佳从我的臂弯里艰难地探起头，瞅了一眼，又重重摔回去。

空气里满是血腥味，我并拢双腿。

"小莲，你长大成人了，可我却要死了。"

黎明前最深的黑暗，渐渐地什么都看不见。我用肢体和皮肤感觉着美佳。阿乌张开手臂，从我们背后环绕过来。清晨以冗长的耐心迟迟未至。

"你不会死的。"

美佳不接我的话。过了会儿，她说："你是真正的女人啦，小莲，环境越恶劣，你似乎就越顽强。"

她想摸我的脸，却无力抬手，只伸到一半，拉了一下我的衣服："要注意休息，不能着凉。"

"你不会死的，我也不会死。"

"我想起第一次见你的样子，你躺在那里，发着烧，整个人小小的，像个婴孩。"

"别说了，美佳，好好躺一会儿。"

"你当时满嘴胡话，嚷着'明先生，明先生'，边嚷边拉我的手，我给你唱歌。我见你第一眼，就那么喜欢你。"

"不，不，我自私，小心眼，说话恶毒，爱发脾气……"

"你很好，这就是你，你的一部分。我都喜欢。"

每说一个分句，她都停顿一小段时间，然后聚起全身气力，说出下一句。

"可是，美佳……我一直在利用你。"

"知道，一开始就知道，但这算什么呢。我自己愿意的。"

"我这辈子最开心的就有两件事，"她突然来了精神，话多起来，气力也增足了，"一件事是做成了女人，另一件就是遇见你。"

"做女人有什么好，我才不要做女人。"

"做女人当然好啊，细心、善良、会体贴人，还那么漂亮，我从小就很羡慕呢。"

她在我的臂弯里越来越往下滑。

"瞧，我多喜欢自己的身体，这胸，这腿，这所有的……"她再也讲不动，回光返照的神采终于黯淡下去。

69

突然咚的一声，什么沉甸甸的东西砸下来。冰凉的水飞溅到脸上，我清醒了。

我呼："美佳。"

暗中有人在呻吟。过了会儿，一个男人问："谁？"

是老金。

"谁在那儿？"他又追问一声。

"我们。"

他放心了，呻吟着又挪动一下，带起一些水的声音。

"天太黑了，妈的。"

过了会儿，他突然意识到："怎么，你们没逃出去吗？"

"没，我们在这儿等死。"

"那么赛先生呢？"

"已经死了。"

"见鬼!"

"你才见鬼呢!跑这儿来干吗?"

"干吗?你们逃跑,难道我还等着做替罪羊?你们也太笨了,又借手电,又拿棉被做抵押,当我傻子啊。"

"你借给我们的好手电!"

"什么意思?"

"你在里面放了什么?"

"什么?"

"别装蒜!"

"我真不知道,上次借给阿发,拿回来后再没用过。"

"你们都不是好东西。"

"他妈的,敢这么跟我说话。你以为我是那个男人婆吗,任你打任你骂!嘿嘿,你俩该不是同性恋吧,真他妈的肉麻!对了,男人婆呢?"

我摸到美佳的手,将自己的手指缠绕进她的指缝。她静静的。

"哈哈,该不是甩了你,自个儿走了吧。我就说呢,事到临头,还不先顾着自己!"

"死了,都死了。我们也要死的。"我喃喃道。

老金的声音闷下来:"我在洞口看见她,她躺在那里……其实,渔女挺可怜的,一辈子没人疼。"

"你也会可怜别人吗?我以为你只想着自己呢。"

"废话,你不也想着自己吗?人都是想着自己的。"

我抱着美佳的胳膊发麻了,一滴眼泪在抿紧的嘴角挤碎,顺着下巴滑下去。

突然，老金大呼："我不能光坐着，得想想法子。"

他开始瞎转一气，乱抠乱摸。

他摸到了门，顶不开，诅咒了一句，又被绊倒，地上什么东西咣

啷了一下。

"妈的，妈的。

"有了。"他突然兴奋。

"那是条死路。"

"好歹试试吧。"

"随你的便。别怪我没提醒你，赛先生在里面等你呢。他可能是

挨了枪子儿了。"

"呸，呸！"老金啐了两口，完全绝望了，"看来只能等干部来

收拾我们喽。"

我不说话。

"都是你们，都是你！"他恨恨道，"你还哭，该哭的是我！我本

来什么事都不会有。"

我默默理着美佳的头发。满手都是血，曙光照进来，我看清怀里

的美佳，她的嘴唇微张着，像在费力呼吸，眼睛开了一小条缝，下眼

睑填满干的血浆。这是一张超越性别的脸，死亡在粗犷的五官间降下

一层柔美。

"血啊！"老金跳起来，像挠虱子似的满身乱抓，"这儿也有，

啊，都是的，到处都是！你们在搞什么鬼？"

他突然瞧见美佳，那只搭在地上的血手正指着他，食指还微微翘

起。老金触电样地跳开。

"怎么回事，这是怎么回事？"

"因为这个。"我把戒指举给他看。

老金以一个防备的姿势慢慢走近，等近到看清了，猛地扑上来，一把抢过戒指。

"这是，这是……"他双手捧着那东西，眼珠子几乎要贴上去，然后又吐了口唾沫，用袖管小心擦拭，最后放到牙齿间轻咬一下。

"戒指。"

"我知道，"他把它从嘴里拿出来，"哈哈，原来发婆的戒指是你偷的！"

我冷眼瞅他。

"这样吧，戒指归我，不然我就到干部那里揭穿你们，嘿嘿。"

阿乌怒吼一声，老金一激灵。头顶的光渐渐亮起来，把老金的尖面孔照得生动，他像只警觉的猴子，在地上猫着腰，闪烁的神情里满是不信任。

第十三章

70

　　干部和段仔放下软梯，把我和老金接回地面。美佳、渔女、赛先生的尸体被草草掩埋。赛先生果然是遭受枪击，下地道时被段仔发现，段仔跟了下去。出乎意料的是，我和老金没受责罚。一切平静极了，平静到不寻常。

　　我一连昏睡好几天。有人进来看我，在床边小坐，马上又匆匆离开。我能辨出脚步和气息。美佳在给我擦脸，手势不轻不重，毛巾覆在眼睛上，又挪开，美佳的大脸在毛巾背后时隐时现。医生在和赛太太说话，赛太太还扑哧笑出声。波波拉我的手，把我的小指头轻轻捏在他湿湿的掌心里。老金向美佳询问我的情况。赛先生待的时间比较长，他给我带来了礼物。

每个人都模糊又真切，像黑白电影里的人物。突然意识到：美佳不在了，医生、赛先生，他们都不在了。我心里一紧，拼命挤回梦里去。

于是我看见渔女，她的步子像狐狸，体味浓烈，似风一样旋进来，坐在床边的小板凳上看着我，嘴里自言自语，手指摆弄着头颈上的麻绳项链，发出轻微的啮啮声。

她仍然那么漂亮，消瘦了，越发楚楚可怜。我不知该恨她，还是心疼她。我想着美佳说过的话，怎么也想不清楚。我觉得热，把被子推下去，又感到冷，再拉回来。

"嘿，你醒了。"大西北的声音，他不知何时进了屋。

我把眼睛撩开一条缝，旋即又闭上。光线太旺。

"你醒了吗？"

"美佳呢？"声带像是黏住了。

"她死了。"

"噢。"

然后我们沉默，他在凳子上挪了一下屁股。

"情况真的很危急。"

我想背过身去，但没力气动。

他把脑袋贴到我枕头旁："你知道吗，干部威胁说，要把我们统统送回医院，像狗一样地做展示，或者当科学实验品解剖大脑。"

"他是吓唬人吧。"

"谁知道呢。"大西北几乎把整个嘴巴塞进我的耳朵，我把脸一偏，顺着枕头滑到另一边。

"当然也难说，不少活人都被拿去做实验，脑门一撬开，白花花的脑浆流出来。"

"别讲了，真恶心。"

见我没好声气，他转移话题："还有一件事，老金不见了。"

"他不是和我一起被抓上来了吗？"

"干部说要将我们送回医院时，他立刻跪在地上，求干部把他送回家，他说他有点值钱的东西，可以用来交换。"

"这像是老金干的事，居然糊涂到和干部谈条件。"

"的确可笑，这头没脑子的猪。"

"后来呢？"

"干部把他找去，接着就失踪了。"

"一个大活人，能藏到哪儿去？"

"阴谋，是阴谋!这正是我想提醒你的。"

"你在浪费口舌，和我说没用!"

"当然有用，咱们挑明了吧，你是厉害人，我希望你参与到我的计划里来。"他鬼鬼祟祟地压低声音。

"厉害人？哼。"

"我从来都没有看错你。"

"如果你想嘲讽我，就别拐弯抹角的。"

"我有要嘲讽你的意思吗？"他表情夸张，"你有勇有谋，唯一欠缺的，是不会做长远打算。我们好好计划，一定能成功。"

"请别说'我们'，我不想搅和在你的事里。"

"你肯定会加入的。你是个厉害人。"

"别损我了。"

"我损你吗？"大西北冷笑，"其实那天，我看见了。"

"哪天？看见什么？"我心里一咯噔。

"发婆丢戒指那天，我看见12号的，他就在仓库旁边瞎转悠。你在诬告他，不是吗？你为了剪除威胁，可以不择手段。"

我想把头蒙进被子，被大西北一把扯住。

"这正是我欣赏你的地方。从见你第一眼起，我就把你当成同盟了——这里唯一的同盟。甚至有段时间——你记得吗，我们走得很近。我们都是强大的人，我和你。只不过，我们偶尔会把自己的力量忘记。世上只有两种人，强者和猪猡。猪猡是没脑子的，被环境赶着走，只需要给他们一点可怜的口粮，他们就躺在地上满意地哼哼。而强者不一样，我们都是强者，懂得保存力量，直到关键时刻。怎么？别瞪着我，我说的是事实。你不屑吗？不，不，你不愿意了解你自己，或者仅仅不想承认。只要我们联合，他们就不会得逞！"他捏紧拳头，目光死盯住空气中那个看不见的"他们"。

"我不知道你在讲什么。"

"你知道的，你慌了，因为我说到你心坎里去了。你我是一类人，哈哈！"

"太过分了！"我推开他贴过来的脸，他顺势拉住我的手。

"我们是伟大的运动男女，不想在一起都很难。没有人比我们更般配了，"他目光狂热，双颊绯红，"我承认，有段时间对你很失望，犹豫到底要不要和你走在一起。但是现在，你太让我刮目相看了。"

"神经病！"我甩他的手，没甩开。

"你还抱什么幻想啊，如果不马上实行计划，只怕一辈子都得待在医院里。那是你要过的日子吗？"他放开我的手，被碎镜片一切为二的目光冷静下来。

"你再好好想想。"走前，他重复了这句话。

71

大西北走后，天就黑了，连月亮也看不见。我想到美佳了，就躲进被子哭一阵，又想到自己的处境，就忧心忡忡地发着愣。岛上静极了，一切声响都受了惊吓似的缩回去。我不习惯这种静——没有美佳的鼾声和她翻身把床板弄出的咯吱声。美佳的存在早已悄悄潜入我的习惯。

半睡半醒着熬过上半夜。星星也没一颗，眼睛瞧不见鼻梁。一切恢复到原初状态，黑夜绵延成整个世界，我夹在庞大的虚无之间，被压迫得难以呼吸。动一下手，挪一下脚，挣扎着起来，我要努力回到真实中。

起身，摸索到一截蜡烛、两根火柴。屋子里的情形被零零星星地点亮：棉被留在了老金那里，"小青"孤单单地在床脚蜷成一堆。木床板裸露着，缀满黑颜色的坑洼和毛刺刺的木刺。

地面也是一片狼藉，碎渣、废纸、窗帘布片。灰尘忽地卷成一堆，忽地又一股脑儿松散开去。我硬撑着下床，连日高烧使得浑身骨节一动就咯啦啦响。寒流一过，天有些暖了，但风沾着皮肤仍然阴冷。我举着蜡烛，在一屋子垃圾中站了一会儿。下半夜月亮出来了，蜡烛烧完，我就着月光磕磕碰碰摸回床边。

突然，床单上出现两个影子，一个在悄无声息地挨近另一个。我被扑倒了，胸轧在床沿上，腰被人压住。一张热乎乎的嘴衔住我的耳朵，舌头不由分说地在耳郭上撩拨。我反手要将那张脸推开，它更加固执地缠上来，嘴巴从耳根一路移至脖颈，牙齿咬得人疼。与此同时，一只手伸过来蒙住我的嘴，另一只手朝腰际探去。

阴潮的掌心里有股铁锈味，我立刻知道那是谁了。我无济于事地扭动身体，床单被我蹭到地上，我整个人跟着滑下去。他完全覆在了我身上，嘴巴离开我的耳朵，一口口粗气喷在我的后脑勺上。他开始摸索我裤腰的结扣，一勾，一扯，宽大的裤子就给褪了下来。屁股一凉，一只大手狠命揉搓我。

"妈的，一点肉都没有。"

我疼得想喊叫，却只能在霉锈味的指缝间不成调地哼哼。手离开臀部，往下身跑。我夹紧的双腿神经质地颤动。那只手灵巧地切入。一股奇异的感觉从腿间弥散出来，我不能动弹了。

"婊子，下面都湿了。那个碍手碍脚的男人婆总算死掉了，憋死我了……嘿嘿，是不是还没尝过男人的滋味啊……"

忽然，他的动作停止了。

"妈的，谁在外面？"他将手抽出来，肘部仍顶着我的腰。

"噢，对不起，不是的，我正要去撒尿……"段仔的脑袋在窗外闪了一下，随即又从门缝里慌慌张张地探进来。

"您忙，我去撒尿。"

"神经病!"干部骂骂咧咧地站起身,整了整衣服。

我飞快地拉上棉裤。

"这段时间你中了邪啦!"干部狠狠戳了一下他的脑门,"做事情颠三倒四的。不就毙个人吗,把你吓成这样。就当宰了条狗好喽!"

干部心有不甘地剜我一眼,在段仔头顶重捶了一记:"妈的,还不走?"

段仔乖乖跟出去。房门像被风掴了个耳光,嘭地合上,又咣地猛力甩开。

72

我不敢入睡,在床边伏到天亮,一大早跑去找大西北。

"我要走,和你一起离开。"

"想通了?嗯,脸红通通的,烧还没退,这么快就想走了?"见我着急,他反而摆出笃悠悠的腔调。

"是,马上就走。"我只能厚起脸皮。

"太好了,只要你下定决心,我们准保成功。"

大西北高兴地扑过来抱我,被我晃开,不死心,又试一次,我勉强被他搂了一下。

他在墙角的书堆里翻来翻去,找出一本,打开,里面夹着一张皱巴巴的纸,画满铅笔线条。他背对摄像头,煞有介事地指指点点。

"唯一能出岛的地方是禁林，送货口有条小船。我们要做的，是找着到达禁林的通道。既然那堵高墙肯定爬不过去，就只有走地下。"

"可是，地下通道的门是锁着的。"

"有锁就有钥匙，你想想，钥匙会在谁那儿？"

我心底亮光一闪。

"更何况，通道不止一条！"

"什么？"

"你上次逃跑被抓时，我注意到，那个老余头居然从干部屋子里跑了出来。"

"你的意思是……"

"老余头平时住在禁林里陪康船长，我们从没见他离开。但要紧关头，他突然在另一个地方出现。这说明还有一条地道，就在干部的屋子里。而且这条地道更近，更短，所以也能更快通向出口！"他兴奋地拍打那张破纸片，"要做一个优秀的领袖，除了魄力和决断力，还得有敏锐的观察力。"

"让我们来定个计划。你看，今晚行动如何？"

"今晚？"

"怎么，又害怕了？要做大事，就得果断！"大西北捏起棉衣的一只角，激动地搓来搓去，"我们显然不能从岛旗底座那边下，他们早有防备，何况弄不到钥匙。所以只好在干部身上动动脑筋。"

他向我走近一步："另外，我记得你有一把藏刀，快交给我。"

"看不出你还是个有心人。我的确有一把刀，可干部屋子里的通道，只是猜测而已，这样冒冒失失可不行。"

"我的猜测是有根据的。别犹豫了，快把刀交给我。今晚你就去找干部，假装要和他聊天……"

"我不去。"

"怎么，你怕他……"大西北坏笑起来，"这倒是，看样子他没少打你的主意。不过这不正好吗？你更有希望稳住他。尽管放心，你不会吃亏，有我在，什么都不用怕。"

他贴近身来，语气有点暧昧，见我满脸嫌恶，又恢复正经腔调："你进去后，注意将门虚掩，随便和他聊什么，目的是吸引他的注意力，好让我悄悄进来对付他。"

"怎么对付？杀了他？"

"我自有分寸。"他漫不经心地抚平被捏皱了的衣角。

"他不受你威胁怎么办？"

"难道他不怕死吗？人都是怕死的。"

我含糊地应了一声。

"你认为通道会在哪儿？"他盯住我看，像要考验合作伙伴的智力。

"可能……嗯，可能在治疗室里。"

"聪明，我也是这么想的。进到地下，就好办多了。"

"可是，万一底下有人，很多人，等着抓我们，怎么办？"

"别忘了，干部在我们手里，别人敢拿我们如何？"

"可是，万一……"

"没有那么多'可是''万一'，出去拼一拼，总比等死好，还要犹豫什么呢？"他突然抓住我的肩膀使劲摇晃，"想象一下吧，你是想回疯人院，还是被卖去做妓女，或者干脆躺在手术台上，让很多橡胶手套摆弄你的器官，像摆弄机器零件那样……"

"别，你别说了。"

"为什么别说？也有可能，他们干脆就想饿死我们。你看看，这两天吃的是什么！已经没有能够下咽的东西了。你这种女孩子，保不准饿死之前，还被色鬼们玩一把……"

"住嘴！"

"好吧，住嘴，"我的气愤让他扬扬得意，"悲惨场景我就不多说了。设想一点别的，比如我们逃出去了，又会怎样。会有很多人，很多很多人，"他眯起眼睛，"举着鲜花拥到岸边，我们像英雄一样站在小船上，欢呼声，对了，还有人高喊我们的名字，狂热的拥护者跳进水里向我们游过来，越来越多，我们不得不蹲下身，在水中和他们握手，他们推着小船走。有人甚至忘形地跳到水里后，才发现自己不会游泳，我们把他拉上船，他激动得哇哇大哭。啊，我们到岸了，成千上万的人拥过来，献花的小孩被人群挤倒，我把他抱起来，他亲我，献给我花……"

"你在说什么啊？"我试图打断他。

大西北的表情随描述景象的变化而变化：时或紧张，因为看到那个不会游泳的崇拜者在水里挣扎；时或欣慰，有人把花扔到了我们的船上；突然眼睛徐徐抬向天花板，那里有个被他高高举起的孩子。

"人群向我们拥来，把我和你，还有那个小孩高高举起，扔上去，掉下来，再扔上去，扔得很高，我们看得到云，就在头顶上，一伸手就够着了，天是绿的，整个天都是我们的了……"

"妄想症！"我大叫。

他终于停止了，眼神从四面八方收回来，定定地聚在我脸上。僵持了一会儿，我怯生生地开口："我只是认为，目前考虑实际一点的问题比较合适。"

他略微放松神情，慢慢吐出一口气："你说得对，我们今晚就行动。"

"可是，其他人怎么办？我是说波波，还有……发婆。"

"谁？他们两个？恐怕不在我的考虑范围。"

"我们走了以后，干部会把气出在波波身上的。"

"出就出呗。"

"波波是我的弟弟。"

"女人就是烦。好吧好吧，带他们走。你让他们到时候等在老太婆的屋子里，我们事成之后再去接他们。"

"到时候不是马上进地道吗？怎么跑去和他们会合？"

"我当然有办法。"

"我看你根本没有诚意。"

"是又如何？"他将双手在胸前轻轻一拍，打了个哈欠。

73

我敲门："波波。"又敲。

没人应，我推门进去："波波——"

屋里死了似的静。灰尘在脚底苦恼地窸窣着，没做完的布花被污水浸湿，给趾缝留下黏烂滑软的感觉。突然，脚尖触到硬物，又碰了碰，那个东西咕咚滚到一旁。捡起一看，是波波的花盆，西柚般大小的人类头骨。大拇指不小心捏得太重，前额就掉下一小块碎片。事实上它早有了裂隙，但在我触摸前，仍固执地保持完整。

我将头骨端到与眼齐平。上举的过程中它开始瓦解，先是空荡荡的眼洞里掉出泥巴，然后骨片小块小块碎开，接着大块大块地，最后是里面盛放的冻干的泥土，脆邦邦地散成了粉，从手指缝中漏下去。

一堆浅灰色的泥屑，其中露出一点红，颜色暗暗的，像洗了多年的旧袜子。我拾起它来，拂掉尘土。是朵叫不出名的小花，三四枚瓣儿楚楚可怜地蔫着。这株植物的幽灵是从板结的土里长出来的。我想起童话屋后墙上的红花，它被画中人细长的手指死死钳住。

终于发现波波，他不声不响地缩在屋角，一颗大头埋在瘦伶伶的膝关节间，畸形的蹼手搭在脑袋边上。有蜘蛛于蓬乱的头发里结网，他看起来成了墙壁的一部分：灰白、肮脏、一动不动。

我拉开蛛网，扶起他，他站不稳，脖颈低垂，膝盖弯曲。

"你很多天没吃饭了吧，我给你烧点粥。"一说才想起来，岛上早没了米。

波波不理睬我，眼睛仍盯住地面。

"你饿吗？"我把他的下巴托起来。脑袋倒很重，面孔虚肿，眼皮水泡一样地拱出来。

"怎么不说话？"

水泡眼豁出一条缝，很快又闭合回去。那一瞬间我看见了他的眸子，似乎只是随意地定在某个方向上。他并没看见我。

"你别吓我！"

他的视线像被凝住了，肩膀被我一摇晃，目光一下落在我脸上，一下又落在我身后。

"波波，快醒醒，姐要带你走呢。

"听我说，没人疼你，姐疼你。一切都安排好了，今晚就顺顺利利地走。"

我拍他面颊，撩他头发，用指肚轻擦他的眼皮，他终于看了我一眼，很快又注视别处。

"波波，你瞧。"我将红色小花举到他面前。

他的身体瑟瑟颤抖起来，一把抓过花朵，一枚瓣子凋零了，他拾起来塞进口中，一滴花汁从嘴角渗出来。他索性将剩余的花朵全部吃下，舔了舔嘴，更多花汁被舌头带了出来。

"开花了。"他清晰地吐出这几个字，甩了甩头，挣脱我的手。

"别怕，是我呀，小莲姐姐。"我抱住他，他乖乖伏到我怀里。突然，我在他后脑勺摸到一个凹塘，觉得可疑，再想细摸，波波扭动身体，龇牙咧嘴，似乎十分疼痛。

74

"你疯啦？还犹豫什么！"

"不能丢下波波，我只有这么个弟弟。"

"妇人之仁，妇人之仁！"大西北用夸张的手势握紧拳头，"好吧，你说，需要多少时间考虑？"

"三两天。"

"确切些，三天，还是两天？"

"三两天。"

三两天很快过去，接着另一个三两天，然后更多三三两两的时间，从大西北焦急的催促里过去。为了提防干部再骚扰，我搬去与波波同住。

"回你原来的屋子去。"干部命令。

"没有棉被，太冷了。"

"可以给你一条。"

"美佳死了，阴气太重。"

干部的眼神又恨又馋，但不再坚持，像是忌惮着什么。

每天我都陪伴波波，有时在屋里静静坐着，看太阳光的脚从西移到东，从亮走到暗，有时和他出去散步，沿着岛一圈圈地转。波波越来越痴傻，目光呆滞，嘴角淌水，还常常认不出我。

他几乎只剩一具光秃秃的躯壳。这具躯壳偶尔也有反应，比如路过干部屋子的时候，会突然眨眼睛、搔脑袋，不肯再向前走。我拉他，他缩起脖子，手臂紧贴衣服，仿佛要往尽可能小的体积里缩。我只能扶他往回走，他才慢慢平静，重新面无表情。

我终于失望地说："波波，姐今晚要走了，你乖乖留在这儿。"

他突然死命抱住我，脑袋压在我胸前，鸭蹼样的手环住我的腰。我瞧着那只手：手背肿得高高的，粘连的指头平平的，几根畸指面粉

242

条一般挂在掌侧。这是个连上帝都抛弃的次品，我收起了最后一点同情。

"波波，别这样。

"放手，波波。

"波波——"我扭着身子想甩开他，他嘴里呜呜乱叫。我心下憎恶。

"好，好，姐不走。咱们去看夕阳，天气暖和了，太阳落山了，好久没看呢。"

他的眼神渐渐松弛，我趁机将他的手掰开。

75

我最后一次带波波去看夕阳。天气稍一转暖，野草就露出点绿，坝脚有了生气。我想抱波波上去，发现抱不动他。他已开始发育，腋窝下有了男性的体味。我哄了半天，他才不情愿地顺着石阶，自己走上坝顶。

波波坐不安稳，忽左忽右地挪着屁股，还对着海面鼓起腮帮子，让气从抿紧的唇缝里冲出来，他对这种类似放屁的声响颇为自得，一下一下练个不停。我指给他看夕阳，他没反应，唱"小燕子"的儿歌，他也不听。他突然回过头，鼓起嘴，冲我啵了一下。

我亲了亲他的脑袋，他开心地呜呜着，被自己的口水呛了两下。天黑得即将什么都看不见，海风开始泛冷。

"乖，我们不能再等了。"

波波突然盯着我看，眼神慌里慌张。我的心口有点堵。

"你看，那是什么？"我用手一指，他仍不肯将目光挪开。

"看，那是黑夜，很多蛇，吐着舌头！"他终于把眼睛转开，默默注视前方。

直到我推他时，他也不动，身体就那么直直地下去，连入水的扑通声都听不见。一个大浪头卷来，我突然感觉害怕，大叫波波的名字。

海风狂妄地扇了我一顿耳光，一波波潮水没头苍蝇似的互相推挤，不知是该列队向前，还是乘黑夜还没完全入侵，赶快溜回去。我顺着石阶慢慢下，脚踏到沙地时，天像被拉了电灯开关，忽地黑了。我紧挨着坝壁不能动弹，衣服汗湿，又被吹干，死鱼皮一般，冷冷地贴在背上。

波波就这样不声不响地溶化了，或者他变成一条鱼，游回深海去了。我听见自己狼嚎般的哭声，在海面上被撞得七零八落。我顺原路摸回，手脚使不出力。巨大的黑暗神死死跟在身后，他只伸出一小根手指，就把我的五脏六腑碾得烂碎。

第十四章

76

　　"要不带发婆一起走，要不我就把你的计划告诉干部！"

　　"怎么这么强硬？"大西北不温不火地笑，"你是太内疚了吧？"

　　"内什么疚？不明白你在说什么。"

　　"干脆把那老太婆也推下海得了。"

　　"我是为了波波好，他这样活着没什么质量，我们走后又无人照顾，如果不了断，落在干部手里会更惨。"

　　大西北耸耸肩："你总可以找到理由。"

　　"不要岔开话题，我再问一次，你带不带发婆？"

　　"你不是和她有仇吗？"

　　"这与你无关，只需回答我的问题。"

"好吧，带，带。"

大西北说，既然多带一个人，就得改变计划。我想再问，他却笑而不答，让我只管把发婆叫过来。

"不，俺不去。你这小妮子坏着呢，又想耍弄我!"

"相信我，就这一回。"

"不，俺情愿等着让人送回家。"

"您老别指望了，我们的名字在外头都被勾销了。"

"骗人，"发婆嘴硬，神情却疑虑起来，"你听谁说的？"

"干部说的。"

发婆想了又想："俺还是不信，你干吗帮我？"

"美佳让我帮你。快一点吧，没时间解释了。"

"哈，美佳早翘辫子了，你说得离谱。"

"美佳让我不要记恨别人，我就不记恨你。"

"敢情是你大人有大量啊。"

"这是最后的机会了，你要怎么才信我？"

"除非你跪下来。"

我犹豫。

"嘿嘿，不行了吧。"

我突然扑通跪下，发婆吓了一大跳。

"就算我求你。"我伸手拉她裤腿，她往后退了半步，停住。

天全黑了，我和发婆依偎着向东走，大西北在干部的屋后等我们。发婆的步子歪歪扭扭，嘴里止不住犯嘀咕。

"你真的别骗俺啊。

"哎呀，俺不想去了，心里不踏实。"

⋯⋯⋯⋯⋯⋯

我不断用嘘声打断她，她忍住不说，没多久又咕哝起来。借干部窗口一点灯光的指引，我们成功地绕到屋后。我拉发婆的手，她把另一只也搭过来。等见到大西北，她握住我的手一阵痉挛。我紧紧按住它们。

"不是说要逃吗？咋逃？"

"这样逃。"大西北走近来。

"我看还是别逃了，干部能拿咱们咋的？"

"到了这个地步，你还打退堂鼓！"

"波波哩？还有波波？"发婆突然忘了控制音量，"波波答应不？"

"嚓——"回答她的是扎进心口的尖刀。

发婆的手一紧，指甲掐进我手背的肉里。

"你骗人……"她嘀咕着松开手，在我前襟上拉了最后一把，颓然倒地。

"你疯啦，干吗杀她？"

"带上她只会坏事。我还不了解你吗，你后悔杀了波波，想在老太婆身上弥补。别骗自己了，你其实根本不想救她！"

"你们在干什么？"干部忽地打开门。

大西北拉起我疾奔，我双腿发软。

"别跑，跑不掉的。"干部追过来，我头一垂，闭上眼睛。

猛听干部惊呼，接着响起混乱的厮打声。我缩在地上哭。

"快起来，别装死。"大西北叫。

"你干吗杀发婆？她有什么错？"

"他妈的，都什么……时候了，还在……想这个……"

大西北低吼了一声。我抬眼一瞧，他正用刀顶着干部的脖子。干部的眼珠滴溜溜直转，瞅准大西北和我说话分心，猛一挣扎，结果脖子上添了一条血痕。

"老实点，小心我一刀割了你！"

"是，是！"干部偷眼瞅我，目光里满是威胁。远处有脚步声。

"有人来了，很多人！"我尖叫。

"过来，快过来，听见没有？"大西北冲我嚷嚷。

整个岛都亮起来。有光，有火。我咬咬牙站起身，嘴唇被咬破了，舌尖上满是血的味道。

大西北一手架刀，一手抵住干部后背，我帮忙拉住干部的一条胳膊，三人一起往屋里退。大西北的棉衣上很大一摊血，像在砧板前站了一整天的肉贩子。

"你就不能多使点劲？以为是搡手啊！"大西北吼了我一通，又拿刀在干部颈间戳了两戳，"东西快给我。"

"什么东西？"

"你少来，地道的钥匙。"

"什么地道？"

"这屋子里的地道！"大西北的五官都喊歪了，干部反而镇静下来。

"这地道……钥匙不在我手上，在老余头那儿。"

大西北不相信，让我搜："先搜身上，再搜屋里。"

屋外站满了人，我看到段仔、老余头，还有几个从没见过。他们挤在那里犹犹豫豫，交头接耳，屋里灯火通明，他们还拿着手电乱照一气。段仔的脑袋转过来，又转过去，像剥了壳的水煮蛋，我耳朵里嗡了一下，居然笑出声。

不，这一点不好笑，我在哭，样子肯定蠢极了，眼泪滴在鼻子上，鼻涕流到嘴巴里，嘴巴哼哼唧唧呜咽着。最要命的是，我无法控制手指的颤抖，掏了两三次，才把干部牛仔裤口袋里的货色全部掏出来。都是些无关紧要的东西，三张写了字的小纸条，一块手帕，一只扁扁的甲壳虫袖珍手电。大西北向我使眼色，我收起手电，去搜另一边口袋。

"快一点，再快一点!他妈的慢手慢脚，你还是别搜了!"

我愣住，不知大西北是在责备，还是命令。

"其实你们可以从岛旗那边下。"干部突然说。

"别蒙我，那里的通道是锁着的。"

"是的……可是，钥匙……我……噢，不，老余头有钥匙啊。"

"到底你有钥匙，还是他有? 你撒谎都撒不圆!"

"我有，我有，我记错了。钥匙就在我口袋里呢。"

我搜另一边口袋，果然找着。

"你们别乱来，岛外面的警察马上就到。"老余头威胁道。

我们顾不得理他，挟着干部，穿过自动让道的人堆。

"退后，你们都退后。"刀锋一陷进皮肉，干部就呃呃两声。

其他人拥在十米开外，老余头双手乱摆："不要轻举妄动，不要轻举妄动。"

岛旗底座很沉，移开一条缝后，涌出一股腥臭。我用没收来的手电顺着缝隙往下照，什么都没看见，胃酸已经翻上来。

大西北想拽着干部走上前，干部说："别瞧了，那是老金的尸体。他突然得了传染病，我们把他扔到下面去了。"

"胡说，下面是通道，如果是传染病，岂不会扩散？"

"不会扩散。自从被你们发现后，通道就废弃不用，壁上的梯级都磨平了。"

"那你还让我们从这里走？"

"可以放软梯。"

"你在撒谎，"我大叫，"你肯定抢了老金的戒指！"

"就那枚破戒指，我还抢它？只有老金当个宝，为了它还和我拼命！"

"所以你把他杀了！"我冷笑，"一问就漏嘴了。"

"不是杀，是他自己找死。"

"还嘴硬！"大西北紧了紧刀。

"那么波波呢？一定也是你干的！"我说。

"不是我，噢，是我，但不是故意的。他看见老金和我扭打，吓得拼命跑，我一棍子抢过去……谁知他头一偏，不巧后脑勺撞了个正着……"

大西北打断道："你说这么多废话，是想缓住我们。哼，我一眼就识破了！"

"你想到哪儿去了？老和你们过不去，对我有什么好处？"

有人说话，还有脚步声，从东面过来。

"你的救兵到了，"大西北故作镇静，声音却走了调，"快把底座移开，我们直接跳下去。"

"死人，死人！"我捏紧鼻子，"我们逃不掉了。"

"没用的东西！"大西北让我用刀顶着干部，自己去搬底座。

"别动，都不许过来！"

东面的人继续逼近。

"和他搅在一块儿可不明智。"干部语带嘲弄。

我学大西北的样，用刀在他脖子里戳了两戳，刀刃已经不锋利了。大西北看起来像个疯子，抓住旗杆，猛地一推，旗杆断了。

"妈的。"

他甩甩被断口戳破的手，索性直接扣住底下的金属圆盘，奋力一挪，洞口完全露出来。腥臭太浓，我晃了晃身子。干部瞄准这个当儿，反手夺下我的刀。大西北猛扑过来。两个男人又厮打成一团，持刀的干部占了上风。

"帮——忙——"

我朝后退，大脑一片空白。嘈杂的脚步声近了。我顾不得求救的大西北，慌里慌张，跌跌撞撞，突然脚底下一轻，从洞口跌落。

77

我撞在什么东西上，反方向弹出，直直摔了下去。一刻失去知觉，以为自己死了。死的感觉绵长不绝，各种感觉被震碎了，又慢慢拼合回来。我闻到粪便的味道，在洞底，臭气反而不如洞口浓烈。抽了几下鼻子。洞外一片混乱。我完全清醒了。

依次动了动四肢，右侧臀部大痛，那是最先着地的部位。我回想适才的情形：触到一个软东西，身子一滚，右边屁股重重着地。我伸手去寻那堆软物，摸到一个尖下巴，顿时小便被吓出来。

一声动物般的哀鸣。我挣扎着起身，发现阿乌还关在这儿，大眼睛正安静地望着我。

"你……还在？"我爬过去，抓住栏杆。他摸摸我的眼睛，摸摸我的面颊。他瘦得可怜。

"我有钥匙！"我突然想起来。

摊开手心，钥匙还安安稳稳躺在那里，浸透了酸唧唧的汗水。我一兴奋，顿时来了力气，扶着铁栏杆站起身，一把一把地试过来。试到第三把，铁门开了。阿乌蹿出来，将我抱过头顶，左臂摇晃了一下。

"怎么了？伤口疼吗？"

他放下我，又搂了我一下。

"动作要快，他们会来抓我们的。"

阿乌点点头，眼睛不舍得离开我。

我指挥阿乌，把老金的尸体塞进赛先生遇难的通道，然后摸索到正对面的那扇门。这次比较幸运，钥匙一试就准，门开了。

"他们在下面！"段仔在洞口虚张声势。

阿乌闪进门，见没有危险，把我也拉进去。

"阿乌，把门反锁。"

阿乌手忙脚乱地拨弄那个小插销。

软梯拍击洞壁的声音，追捕的人下来了。

"阿乌给放跑啦！他们逃进去啦！"段仔嚷嚷。

阿乌用肩膀顶住门。

"往右，往右。"门插销极短，机关又做得精巧，我和阿乌四只手忙个不停。追兵已到，在外面撞门，脚嘭嘭乱踢。阿乌把整个人的重量顶到门上。

终于，插销吧嗒一声扣住，我松了口气。

"从那边的口子拦住他们。"干部的声音。

"哪个口子？东边的，还是您家里那个？"段仔继续卖力地捶门。

"别敲，笨死了，哪边都行。"

"快，我们要快！"我催促阿乌。

78

有持续不断的响声，仔细一听，居然是空调。空调干燥的暖气，与地下室闷热的潮气混杂在一起，我边跑边大口呼吸，隐约回忆起遥远的文明世界。

眼睛在刺激出不少清水之后，渐渐适应了灯光。这条类似劣等船舱的过道，两壁渗下黄色水渍，歪歪扭扭，彼此交错，像围起阴森森的栅栏。日光灯管在天花板上排作一列，有小虫子绕着飞，灯管两端嗡嗡轻响，交杂在空调隆隆的重音里。

有几根灯管坏了，我和阿乌快行于明暗相织的模糊里。突然出现一扇门，接着又一扇，更高更宽。它们在走廊中突兀而孤立，像两张藏满秘密的紧闭的嘴。味道越来越不好闻，吃喝拉撒集于一处的腌臜气让人呼吸不畅。我跑不动了，阿乌几乎在提着我前进。

我们终于到达通道的尽处，一座大铁门迎面而立。回头一看，通道其实不长，时间故意恶作剧，一分一秒拉得遥远。阿乌推门，门不开，用肩膀顶，还是不开。

"别急。"我摸索到一个极小的钥匙孔，突然发现手里的钥匙不见了。

"阿乌，在不在你这里？"

阿乌茫然地举起双臂。

"钥匙，钥匙。"我做了个拎东西的手势，晃了两晃。

阿乌顺原路跑回。我紧跟着他，留心每处地面，终于发现了那串小金属片，被甩在角落里，正挨着并排两门中较大一扇的门缝。阿乌俯身去捡，门突然咯吱开出一条小缝。

两人同时静止，紧张地等待变故。门不动了，停止发出声响。阿乌仍保持弯腰拾东西的姿势，他在犹豫。

"别管它，开门出去了再说。"

我们跑回大铁门前，一把一把地试钥匙。直到最后一把，阿乌放慢动作，小心翼翼地插进去，锁孔咬住钥匙，长短宽窄正合适。手指有点打战，他看了我一眼，轻轻转动钥匙。转不动。他又瞧了瞧我，将钥匙拔出，重新插入，再转，还是不动。

我傻站在那里，阿乌扑击铁门，铁门以冰冷的咣咣声回应我们。钥匙从匙孔里震出来，当地掉在地上。我们情不自禁地相拥，周围的一切都在后退，只剩下我和他，在绝望的笼罩下彼此依靠。

突然，阿乌捧起我的脸，嘴唇贴上来，第一下落在鼻梁边，第二下落在眼睛上。然后他害羞了，脑袋侧向一边。我的心底有点打飘。

我们终于能够正面现实了，松开拥抱的手臂，原地对视片刻，转身往回走。回到那扇微启的门前，它仍保持我们离开时的模样。我往阿乌背后闪了闪，阿乌推开它。门撞到后面的墙，又反弹回来一半，阿乌拉着我进去。

空气爽洁了很多，灯光亮晃晃地扎眼。我注意到正对面的大桌子，桌后墙上钉着一只大木架子，满满摆着十几台显示器，桌前一把宽大的工作椅，椅背高得出奇。

我慢慢走过去，录像画面拥着挤着，直逼过来：12号的空屋到处结着蛛网；渔女的床边扔着一条止血绷带，一大摊血迹已经发黑；我和美佳的屋子在第二排右手的第二只显示器里，那是一片大垃圾场，破碎的碗，被拆成棉絮的枕头，掉在地上全是脏脚印的床单，两只光秃秃的木板床是有人居住的唯一痕迹。

除了凌乱的住房，还能看见勤杂室，碗筷胡乱地堆叠在一起，硕大的老鼠啃噬着残渣；会议厅倒还干净，椅子排成一长排，近门的一只被撞歪了，就一直岌岌可危地歪着；最后就是仓库，纸箱子翻倒了，满地灰扑扑的布花，零散的书页被风翻动，两张揉皱的纸被看不见的手推着走，吹出一段距离碰到墙壁，就缩卷起来，贴着壁角瑟瑟颤抖。

我扶了扶桌沿，阿乌过来搀我，我推开他。显示器前的桌面上散放着什物：精致的铜制熏香壶在冒烟，一只磨砂玻璃盒，整齐地叠放着印有浅凸花纹的纸巾，带保暖隔层的瓷杯还留着半杯水，一瓶开过封的药，贴着英文药名和说明文字。

除了监视壁，另外三堵墙上全是通顶的红木书橱，所有的书都用白纸包起来，一些白书皮已经泛黄，开始生长霉斑。一张大床紧贴着左侧书橱，往右是一个小茶几，半碗黑糊糊还在冒热气，碗边搁着勺子。阿乌走过去，好奇地舀了两下，又把茶几前的一把轮椅推到书橱边。

79

突然有人轻轻咳嗽，一声，又是一声。我和阿乌同时回头，发现床上躺着个人，脑袋包在一只半透明的大罩子里，旁边横七竖八堆着些书，他的身材如此扁平，以至于必须仔细观察，才能发现丝面绣花被下浅浅凸起的轮廓。

"咳咳。"那人又细咳了两声。

"康船长，是吗？"我想起来了，我听过这声音。

那人缓缓弓起身子，罩子和被面间露出一截细长的脖颈。他伸出手，在床边摸索，这只布满皱纹的鱼一样的手，在被褥下摸到一个按钮，按下去，床头缓缓抬起。

他似乎感觉轻松了，在被子里微微摆正身体。我抓紧阿乌。康船长回过头来。这张窄长的面孔上，似乎连两眼并排的空间都没有。苍白，多皱，眉毛和睫毛早已落光，像龙卷风突袭后的荒地。

"你们……你们……"

我和阿乌往后退，退到屋子另一侧，停下。对峙片刻之后，门外一阵骚动。阿乌迅速将我拉到大桌子底下。我往里缩，他也试图挤进来，桌面太窄，塞不下两人。正手忙脚乱着，门开了。我们不敢再动。阿乌的大半只脚丫还露在外面。

"别惊着康船长，你们在外面等。"是老余头。

小声议论，门打开，又关上，一双穿皮鞋的脚走进来。

"康船长，您看见有人进来吗？"

阿乌在我身边捏紧拳头，绷起肌肉，准备冲出去，我摁住他。

康船长咳了两声，不加理睬。

"康船长，不好意思打扰了您睡觉，您瞧见有人进来吗？"

康船长仍不吱声。老余头只能自己察看。我在桌底盯着这双脚，它东转西转，突然朝着我们的方向停住。

脚步越来越近，把我贴地的半张脸震得生疼。一只皮鞋探过来，上面沾着泥垢，猛地踩住阿乌露在外面的光脚板，阿乌的小腿抽搐了一下。老余头弯下腰，朝桌底张望，不露感情的双眼瞄来瞄去。皮鞋又挪开，鞋尖点了点地。他直起身。

"这儿没人。"他大声说。

"再好好搜一下，"干部在门外嚷，"怎么可能？这俩家伙跑哪儿去了？"

"已经搜过了，康船长在睡觉，不便多打扰。"

老余头向康船长打了招呼，走出去。门关上了。

"他们到哪儿去了？老余头屋里也没有。"段仔说。

"他们可能从岛旗那边重新出去了，"干部气恼道，"我刚刚让你看住那儿，你偏要跟过来。"

又乱了一阵，门外终于安静了。我们灰头土脸地爬出来，康船长正瞧着我们。大罩子下露出的半张脸，像一粒光滑的大虫卵。

"陪我说说话，说话。"他的眼珠子是灰色的。

"你很有钱吗？"我正视他。

"说话，说话，"他咕哝着，"没人说话。"

"好吧，说就说，"我不再害怕，"你是个变态，是个怪物，从里到外、从头到脚！"

"从里到外、从头到脚，怪……"康船长重复我的话，突然噎住了，急促而响亮地蹦出"怪"字，猛吸一口气，双手攀住头罩的边沿。

我一惊，阿乌一步蹿上，拽着半露在外的胳膊，一把将他拖下床。

"呜——"康船长呻吟着，从被子里滑出大半个身子。床头的书散落下来，有两三本砸到他的背上。他裹着一件柔软的贴身睡衣，虫子似的慢慢扭动。

"恶心。"我别过脸，在眼角留出一点好奇的余光。

大头罩往后一褪，康船长的整个脑袋现了出来。我立刻想起渔女诞下的怪胎。康船长也是个没有头盖骨的畸形人，后脑勺齐刷刷的一刀平。阿乌低吼一声，又开五指朝软软的头皮拍下去。

"别——"

康船长的脸被压扁了，面皮隐隐渗血，并被扯得略微向左皱起，嘴巴将整张脸咧成两爿，两行淡黄的脑浆从鼻孔里淌下来。他苦恼地蹬着脚，最后两声干咳卡在了喉咙口。

一阵恶心。我扑到旁边的书架上，抽出一本书，撕下一页，胡乱塞进嘴里。地下室空气的咸湿味道，还有纸张本身的微酸。咽下去的东西旋即被吐出来，我不停呕吐，嚼碎了的白色纸糊，很久以前吃的一点树皮残渣，最后就是清水般的胃酸。我仿佛会一直这样吐下去，直到所有的不洁感被排出体外。

第十五章

80

　　老余头的小房间紧贴康船长的卧室。阿乌把康船长的尸体重新裹进被子，撕了些书页擦净地上的脑浆。一切看来纹丝不乱，他满意地关上门。

　　阿乌把我抱进老余头的房间，放到床上。

　　"你不该杀了他。"

　　阿乌一脸无辜，我不忍再责备，靠墙坐直身子，发现对面镶了块落地镜。我瞪着镜中人，慢慢站起来，阿乌想挡住我，我绕开他。

　　镜子里干瘪瘪的陌生女人，裹着一身臃肿的棉衣裤。手腕纤细，面部肿胀，双颊上有黑乎乎的泪痕。通红的鼻子正在蜕皮，上挑的眼梢像要把凶恶的目光甩出去。

我摸自己的脸，她也做同样动作。我想阻止她，镜面给了我一个冷冰冰的拒绝。我用手捂住眼，再猛地放开，表情复杂的丑女人还站在那儿。一个男人走到她身后，微笑着凝视她。

我转身拍打阿乌，跳起来勾他脖子，在他肩上狠狠咬了一口。他一动不动。我滑进他的怀里。这姿势让人舒服，我也一动不动。

阿乌拍拍我的背，再拍一下，猛地抱住我。我感觉自己瘦小的乳房在挤压中变了形，它们是我丑陋的身体上最丑陋的部分，而他那么英俊。

我试图推开他，他不放手。我们的心跳一轻一重，此起彼伏，呼吸声加进来，渐沉渐短，仿佛乐曲收尾时狂乱的鼓点，等待一个惊天动地的终止符。

突然，阿乌把我扔到床上，我尖叫着刮他一巴掌。他怔了怔，往后退几步，嘴角恹恹地软着，仿佛鼓皮用旧了不再紧绷。

"你没做错，我只是……只是不习惯。"

他又后退了一步。

"我多丑啊，你喜欢我什么？"

他原地不动。

我招手："过来。"

他走过来，在半米开外停住。我拽着他的裤腰，把他拉过来。他的肋骨根根凸显，我蓦地哭了。脑子有点恍惚，隐隐知道他在吻我，舌头探进我的嘴里，还有很多气味：汗臭味、男性体味、屋里的酸涩味，其中一股陌生的气息越来越浓。我睁开眼睛。

阿乌的长裤不知何时褪了下来。毛发像一丛有光泽的树叶，褐色的果实悬挂着，茎蔓缠绕其间。仿佛受了我目光的鼓励，果实们迅速成长，神秘的气息再次袭击我。

阿乌将我推倒，手掌变作一双灵活的鱼。潮水涨起来了，在我身体的最深处，有什么东西打着节拍，一下一下，推着愉悦的感觉往外走。

疼痛从虚无中升起，绵长坚韧，丝带一样地缠来绕去。阿乌把头拱在我狭小的胸前。血自由地染到床单上，它们长了脚，生出小嘴巴，发着微弱的声音。

我蘸起一指淡淡的血，放到阿乌嘴里，他轻吮着，不肯松口。我的子宫如水母一般蠕动，往深海最深处挪移，途中有浮游的快乐，散漫的温暖，但不能诱惑我改变方向：那里那里，海的中心、万物的温床——这一瞬间，我整个占有了我的幸福。

几乎同时，阿乌的身体也松软下来，他趴在我的肚子上，一只手和我的手纠缠在一起。我抚摸他的头发，把灰垢和杂屑从里面拣出来。我感觉动作的柔软，像液体在流动。我从未如此爱自己的身体，仿佛落于其上的每一次凝视与触摸，都会在体内发芽，结出欲望来。

阿乌突然抬起头，眼睛瞪得老大，仿佛一口食物噎在了喉咙里。片刻之后，他张嘴吐出两个字："小莲。"舌头绕不过来，乍听含混一片，我马上意识到他在叫我，捧起他的脸要亲他，他又垂下脑袋，手臂耷拉着，身体渐往下伏。

"阿乌——"我拉他。

他滑落在地。从背面看，硕大的肩胛骨提纲挈领地撑起一副皮囊，左肩中弹处，一个微小的凹陷开始结疤。他挂了点微笑，像睡着了，在我的触弄下，脸部皮肤局部起皱，做出奇怪的表情。

我断断续续地哭，把自己哭得心烦意乱。他是饿坏了，或者太累了。我把房间搜了个遍，只找到几片发霉的面包和一袋臭水乱淌的烂橘子。

我想出去给阿乌找吃的。走到门口，犹豫了一下，又回来，坐到床上，静静端详着他，一会儿感觉冷了，就拉过一角被子搭着，想想心事，慢慢睡着了。

81

地下室过于闷热。我睡了醒，醒了睡，居然无人打扰。可能是发烧了，浑身出着黏糊糊的汗，手脚却不停发冷，我将被子拥作一堆，枕头垫在背脊和潮湿的墙壁之间，这才稍觉舒适。这舒适把我催入梦境，但口舌的干燥又将我拉回现实。

其间我下过两次床，恍恍惚惚想找食物。惹人厌的小房间里，只有灰尘、蛛网和掺了老鼠屎的碎饼干片。阿乌仍躺在那里，我迷迷糊糊地看了他一会儿，又睡着了。

不知过了多久，我终于完全清醒，是被一股怪味扰醒的。

当时我正在做梦，梦见在田野里奔跑，景物像是用艳丽的蜡笔画出来的：明黄的泥土，蔚蓝的天空，溪水在白云间流淌，红花绿叶贴在太阳粉嘟嘟的脸上。仿佛因为缺乏空间，笨拙的色块们挤在了一起。我穿行其中，大口呼吸。

突然看见阿婆，她站在蓝天下，像剪纸人物那样平平一片，风吹过时，她的一条腿抖抖地掀起来，真似粘在墙上的便条笺。一头牛在风里向我欢快地跑来，它有一对人一般的大眼睛。它在我面前停下，朝我微笑，于是我看到了它硕大的家伙，覆在一丛黑黑的毛发下。

我感觉奇怪，这不符合透视法啊。透视法透视法……我默念这个词，它具有了一种魔力，逼我往下探究。多奇怪啊，这头牛，它以一种不符合透视法的方式向我敞露它的器官，还以一种人类的步态向我走来。它伏到我的身上，慢慢进入我的身体。我的身体随之变得透明。我觉得可笑，正准备吸一口气笑出来，却发现阿婆正站在近处窥视，身体歪斜，不知是出于愤怒，还是羞愧。

就在这时，我闻到了腥味。起先以为是老人臭，但马上否定了：阿婆的体味清爽柔和，散发着洗衣皂的芬芳。那么就是牛身上的臊味、污垢或者粪便。我抽了两下鼻，发现也不对。

我意识到自己在做梦，事实上我始终意识到自己在做梦，只是不愿意从快乐中醒来。我逐渐判断出，牛在梦境里，怪味道却来自现实。烂橘子，要么是面包？或者其他什么腐烂着的东西？是的，腐烂，腐烂的味道。

我睁开眼，爬下床，搜索房间。钢丝床的一条腿松动了，一枕一被，床边一张桌，桌前是椅子，椅子边是样式简单的柜子，柜子里有些破报纸，面包和烂橘子就是那里发现的。满柜恶臭和我梦里闻到的不同，烂橘子味道酸涩，带点依稀可辨的水果味，而梦里的臭更浓更重。

我捏紧鼻头，两根手指在报纸里乱捣，又翻出一条大红短裤，裤裆里有干粪便的污迹，闹哄哄的臭气，热爱肮脏的微生物的狂欢。梦里的味道虽然单薄，却有点残酷。我浑身一激灵，扔下短裤。

墙角一只蓝色塑料盆，盆里扔了把光秃秃的扫帚。再边上就是门，门边又是床，搜了一圈回到原地，心神不定，从头再搜。我机械地重复每一个动作，被单掀起了再铺好，椅子挪开了又放回，柜门开了关关了开，报纸堆向一边，再堆向另一边，无目的的重复又让我恍惚，脑袋发涨，身子疲软，下体又痒又疼。我回忆起在青山医院，被注射了镇静剂后，每样东西都在身体里飘。我拼命翻找，那条用来绑人的链条究竟藏在哪里了，满世界都是链条。左手掐右手，右手掐左手，它们渗出血来，虎口上两道月牙形的淡红印子。

我被自己折腾得筋疲力尽，坐在床上嘤嘤地哭。哭了一会儿，再次被腥臭熏得透不过气。这不是梦，我醒了，正坐在地下室的床上。这时候我看见了阿乌。

阿乌俯趴在床前一动不动，我一直对他视而不见，潜意识中，害怕他会把我带入一系列令人烦恼的事实：阿乌是死是活，我怎么逃出去，大西北如何了，干部又会怎么对付我们……我挪了一下屁股，钢丝床吱吱作响。

阿乌的一条手臂向外半屈，似要握住什么东西。他看起来更像一件物品，被人从高处抛下后，以一个随意的姿势固定。我盯着这件物品看，心想它怎么会有头发，里面剩着没挑干净的杂屑。随即我狠狠嘲笑自己：这明明是人，我的男人，阿乌，他躺在那里，只是昏睡了而已。

我向他走去，屏息弯腰，忽然发现他的左耳在淌水，地上的一摊已凝住。他的耳朵发炎了。我心疼地捧起他的脑袋。

于是看到了这张脸。

仿佛有人从内部给了它一拳，扰乱了原有的形状。黏糊糊的眼皮半开着，眼窝像两个填满东西的洞。鼻尖似被不锋利的刀削去一小截，一只有壳的虫子从一个鼻孔爬出来，又从另一个爬进去。他的嘴比任何时候都大，且微微鼓起，仿佛含着一大泡脓水。

这只脑袋从我手里滑落，软软地掉在大腿上。我想把它抖开，使不出劲。想喊，喉咙锈掉了。我发抖，仿佛脊椎里有根绳子，猛地一抽，全身肌肉收缩，一大口清水被挤出来，把食道冲得酸疼。

呕吐了一会儿，我渐渐积聚起气力，推开阿乌的头，试着站起来，试了三两次，索性爬向门口。我的大腿怎么也并不拢，仿佛阿乌的身体还夹在中间。

82

我从门缝钻出去。门外是黑暗，灯和空调不知何时已经熄去。地面潮湿，有小块污秽沾在手掌和膝盖上。我贴着墙壁爬行，渐渐歪出去了，就左右乱摸一气，直到肩头再次碰壁，才确定方向，重新前行。

通道没有尽头，像蠕动着的大肠，越来越逼仄，仿佛要把我挤迫到死亡里去。不，我不会死，我正在思考，还能呼吸，或许一切是梦，只需往回爬，推开那扇门，再往屋里看一眼，假象就会打破。于是我大声取笑自己，跳着跑着，过去拉阿乌的手，将那暖乎乎的大巴掌在脸上擦来擦去：看啊，阿乌，我多傻，我这个傻女人！

可是，这是梦吗？这些意象是哪里来的？是坏橘子霉面包吗，还是柜子里脏短裤散发的恶臭？难道我不希望看到美吗？为什么要幻想超乎经验的丑陋？不，绝无可能，它们不会是从我脑袋里生出来的。它们存在于现实之中，就在那里，腐烂着，消失掉。

这推理未免可笑，可它有迫人信服的力量，硬生生地逼到我面前。我身上一丝不挂，形影不离的"小青"忘在了地下室，同被细菌分解着的阿乌在一起；美佳走了，波波死了，连大西北都下落不明。我拖着虚弱的手和脚，寄生虫一般在地上爬。

就在这时，我看到了他。

他是一团雾状的黑，我能把他从周围的黑暗里分辨出来。没有传说中黑袍白骨的狰狞模样，更像一个清瘦忧郁的中年人。在青山医院，或者治疗室的电击床上，我从未被他真正击垮过。虽然我怀疑，可怀疑里始终存在被拯救的希望，以及某日突然获得答案的可能，因为孤岛之外有个彼岸。

清瘦忧郁的脸微微一笑，侧身退回黑暗里。我推开铁皮门，从窄缝间挤出去，来到美佳葬身其中的洞穴。光从洞口照下来，照亮曾经囚禁阿乌的铁牢笼，它还保持我们离开时的样子，门半开，地上铺的草垫发了黑，粪便和脏东西堆成一坨一坨。

头顶的洞口亮晃晃的，喧闹仿佛来自另一个世界。搬动沙石，陌生的口音，机器的隆隆声。声波在洞壁上来回荡漾，互相交叠。我爬进铁笼里，蜷在光线直射不到的角落，渐渐适应了日光。洞底的地面凹凸不平，干泥中夹杂着硬石块，小灰尘在光柱里上上下下，臭气被一波波地蒸腾起来，它们经由热力的过滤，闻起来健康生动，我放肆地大吸两口，把淤在胸中的腐烂气换掉。

草垫上有个浅浅的人形，显出比周围更深的黄。我摸爬过去，将身体贴合到这个人形上。他的腿比我的长出一截。想象阿乌平躺的样子，我就笑了。不断有泥沙和小石块落下，闭起眼睛，仍有灰尘顺着睫毛掉进去，我的眼窝流水了。

我爬起来，向笼子的另一头暗处摸去。角落里有只缺口的碗，半碗发绿的水，碗底沉着灰垢，水一晃，灰垢跟着晃。我一饮而尽，立刻又被胃酸裹着吐出来。一只米色的胖虫子从我面前慢慢挪过去，钻进一堆黑黄的东西。

外面天色一暗，灯光就亮了。人声散落了重又喧杂开来。我爬回阿乌硕大的人形上，听见自己动物般地哼哼着，阿乌在我身下静静不动，我捏了捏草垫，仿佛闻到他的味道。我翻过身，抓了一把光，却只抓住瘦长的手指影。这些影子跟着我的肢体移动，落在肚皮上，我就看见了自己的肋骨。肋骨们一字排开，像钢琴揭了支架裸出的琴弦列。乳房已瘪得看不见，双腿只剩一把青筋、两只关节。我大叫着跳起来，想摆脱这具可怕的骷髅，却终究徒劳。

83

"什么声音？"

"好像下面有东西。"两个男人说着话，一点点靠过来。

"看，那儿。"半只脑袋从洞口探出。

"好像是个人哎。"

"还是个女人。"更多脑袋挤过来。

"哪里哪里？"有人指了指。

我跳进洞角，这个动作耗掉了最后一点力气。

"又不见了。"

"我看清了，好像还光着屁股。"

"大家快来看，有光屁股女人！"

人声鼎沸，脑袋们争先恐后地睹到洞口。

"在哪在哪，我咋什么都没瞅见。"

"我也没瞅见。"

"哪有光屁股女人？"

"小刘说他看见了。"

"我没说，是老三说的。"

"妈妈的，老三该不是想老婆想疯了吧。"有人啐一口，众人大笑。

"你他妈的才想疯了呢，你那啥的漂亮小姨。"笑声更大，有人起哄，有人琐碎地骂。

"嘿，我说，找个人下去看看不就得了？"笑骂变成一片响应。

"老三你去。"

"我有媳妇的，找个没媳妇的下去，真是光屁股女人还能尝两把鲜。"

"黑老强去，黑老强没媳妇。"

"我不行，待会儿老余头找我不着，又该打我了。"

"叫小柴火去！"有人提议。

"好，好。"这次竟一致赞成。

那人老大不情愿："你们看清了吗？说不定是只什么动物哩。"

"去你的，老三看什么看不清，看女人可从不走眼。"

一团黑乎乎的东西被绳子吊着慢慢放下来。途中小柴火的身体不断碰到洞壁，每碰一次他就骂一句"娘的"。骂骂咧咧中终于双脚着地。他松了松腰里的绳，在我面前转了一圈半，这个"小柴火"，其实是大胖子。

"到了吗？"

"到了。娘的，什么都看不见。"

什么都看不见的小柴火有些怯，站在原地不敢动，等稍微适应了洞里的黑，才试探着咳两声，小心翼翼道："喂！"

见没反应，又咳了一下，更大声道："喂，出来！"

我躲在暗处不吱声。他开始"娘的娘的"乱骂，埋怨上面那些想看热闹又不肯卖力气的人。骂了一会儿觉得无趣，就四处乱转，不时用腿扫一下角落。他很快转到我这边，一脚扫在我身上。我不吱声。他走过去，可能感觉不对劲，突然回来，伸腿又一扫，正中膝盖窝，我哼了一下。

小柴火顿时兴奋，擦擦手，朝我这边摸来。他一把触到我蜷起的大腿，捏了捏，愣了四五秒，呼吸急促起来。他顺着大腿往上摸，摸到靠在腿上的胸，就把手插进来，狠狠捏了一把乳房。这一捏，他整个人被点着了，肉团团的身体子弹一样发射过来。

"喂，你瞅见什么了没？"

"我在瞅哪！"他一边回应着地上，一边手忙脚乱地摸腾。

他把我佝成一堆的身子掰开，起先有点犹豫，见我不响也不动，就放肆了，胖乎乎的手从胸部迅速摸到阴部。经过肋骨时，他顿了顿，轻呼了一声，但诧异马上被紧接而来的喘息淹没。

"想死我了，想死我了，宝贝肉肉。"

为了不让同伴们看到，他臃肿的身子拼命挤进暗处。一只手按在我下身，另一只手窸窸窣窣地解裤带，臭烘烘的嘴巴劈头盖脸地乱啃。很快他冲过来，一下不准，又是一下，几次失败后，骂了声"娘的"，死活不管地使起了劲儿。一阵摩擦的疼痛。他神魂颠倒地叹了口气，扑我一脸菜肉味。

"怎么下面没动静了？"

"妈的，这小子磨蹭什么，要真有女人，娃子都养出来了。"

他不再理睬上面的人们，腰腹的赘肉和我的肋骨碰撞出有节奏的吧嗒声；还有嘿哟哟的呻吟，让人摸不准是刚被打过一顿，还是在享受极乐。

我顺着洞壁滑下去，小柴火忙里偷闲地把我的身体往上顶。我察觉自己笑了一声，死了的身体在这笑里慢慢脱出去。这时，那胖子突然头一扬，呻吟声停在一个"嘿"字上，身子随即僵硬了五六秒。

"嘿"的余音一旋一旋往上走，像要追捕飞得老远的高潮。他终于松懈下来，头埋到我胸口，一手抓着半边胸脯，食指在乳头上来回摩擦。

"女人，女人……这滋味，娘的。"

"看到什么没？"上面的人齐声大叫。

"看到了看到了!"他努力平定喘息，大喊一声，束起裤子。

洞外的光有些晃人，我闭了一下眼，再慢慢睁开。岛上居然已经非常暖和。美佳说，春天很快会到的，冷空气一过，天气马上转暖。

一群男人拥上来，他们乐坏了，争着向前，同时尽力把别人挤到后面。

"真是女人哎，没穿衣服的。"

"妈妈的，这是什么女人，简直一篓骨头架子!"

"是哩，你瞧她那奶子，一丁点儿，还垂下来呢。"

"不过脸挺好看的。"

"没三财家小姨好看。"

"不错啦，灯一关，搂啥子女人不都一样?"

"这么瘦肯定搂着不舒服。"

"谁管谁啊，爽就行啦。"

有人在我屁股上悄悄捏一下。

"干什么，拿开!"小柴火愤怒地拍掉那只手。

手主人悻悻道："拿就拿开，你在下面干吗了？该不是捅了这副骨头架子吧?"

"是啊，那么长时间你干吗了?"

"娘的，能干吗，找了老半天，找到就把她系好送上来喽。"

"哎哎哎，你们看这是啥?"

一行热乎乎的东西正顺着大腿内侧流。男人们狂笑，又一只手伸过来摸我。这回小柴火没袒护，脸涨得通红，身子局促地拧来拧去，像条肥胖的蛆。

"第一次开荤吧？"

"啥感觉，说来听听。"

"没啥子，没啥子……"

周围的人推他捶他，他不好意思地任由着他们，孵在肉里的小眼睛不时瞄我一眼，他显然看清了我有几分姿色，并为此而高兴，虚扑扑的嘴笑豁到一边去。

他们挤得更近，更多只手摸上来，男人们你搡我挤，场面有点失控。

84

"干什么，干什么，谁让你们拥成一堆啦？还不去干活！"一个尖尖的声音传过来，男人们一哄而散，只留下小柴火尴尬地扶着我。事实上出洞后我始终横在他胳膊上。

老余头还是那副精瘦模样，他走到很近看我，满脸疑虑地把头发撩开，这才认出我来。

"是你？"

他微感意外，瞥了一眼我的光身子，叫过一个人，吩咐几句。那人飞快地跑开，一会儿又带着件衣服回来。老余头叫小柴火给我披上。

普蓝色的工作服里有股木屑味。空气中充满了这种味道，还有灰尘扬起时的呛人劲儿。北面的一排旧木屋已拆得差不多，拆下的木板木条胡乱堆放在岛中央，岛旗已被推倒。南面刚刚开始动，会议厅、勤杂室，还有原先1号住的屋子，全都破落不堪，屋前搭着梯子、放着各种搬运工具。禁林前的小土丘被挖平，高墙不见了，臭椿林变成了一个个矮树桩，底下干巴巴的泥地露出来。新的建筑材料运来堆在树桩间，砖块、水泥、钢筋，还有整块整块的大玻璃，在小太阳灯的照耀下发着诡秘的光。

看起来这是个休息时间，斗车、箩筐，各种小器械散了一地，做工的男人们三三两两闲坐着，或走到一旁的大水桶边取水喝。有的光膀子，有的穿工作服，把前襟大大敞开。目光和浓重的乡音四面八方地涌向我。

"去把头儿找来。"

老余头又吩咐那个拿衣服的人，那人跑开，老余头让小柴火扶我进屋。我们向干部的房间走去。事实上我一脚腾空，另一脚略微点着地，小柴火扛我时有些吃力。

"稳着点儿。"

老余头不满意地皱眉。小柴火战战兢兢。

"她怎么会在这儿？"

"谁？"

"她！"老余头不耐烦地指指我。

"她从下面来。"

"什么下面？"

"就是下面。"

老余头挥一挥手，小柴火又涨出一脸的红，嘴角抖了两抖。

干部的屋里一片凌乱，床上地上满是整理了一半的东西。老余头犹豫了一下，让小柴火扶我进治疗室。门开了，我身子一软，小柴火大叫一声，老余头过来帮忙，两人架着我进去。我顺着墙瘫倒，他们就撒开手不管了。

"你跟我来一下。"

老余头朝小柴火勾勾手指，后者一脸哭丧地跟出去。没走几步，老余头忽又回来，按了一下门边的按钮，角落里亮起一盏灯。他瞥了我一眼："他马上就来。"门又关上。

治疗室的床架器械被清了一空，我把自己往工作衣里缩。

"你——"

屋对角有黑乎乎的一堆，勉强辨认出是个人。

"你，方……方蓁岷。"

我看着他。

"方蓁岷，是吧？"

我仍呆望着他。

"你到哪里去了？"

是大西北，居然还活着。他从硕大的膝关节后探出半个脑袋，又挪回去。眼镜不见了，眼角一大块乌青。

"我说，你干什么去了？"一个字一个字得很开，每个字之间都用游丝样的气连着。

我不回答。他把头垂在大腿间，停了半晌又抬起："你说得没错，垃圾，我是垃圾，什么都改变不了，甚至没有运动，什么都没有……"

屋子里有股憋闷的味道，我慢慢吸气，缓缓吐出。我们静静的。

过了一会儿，我舔了舔干嘴唇道："你信吗，我……看见他了。"

大西北把大腿向前伸了伸。

"他……他……"

"他很苍白，很和气。"

大西北环腿的手臂渐渐松开，大腿愈加往前伸，两手贴着墙壁叉开，赤裸的身体像一堆满是棱角的废弃零件。他越睁越大的眼睛最后定在一个点上："嗯，我也看见了……他……问我叫什么名字。我叫……什么名字呢？"黑眼乌珠恢复了我熟悉的坚定，维持了五六秒，又慢慢散开，他永远凝在了那个点上。

我把头埋进工作服，脚丫从衣服底下露出来，索性把衣服兜在头上，身体裸在外面。我叫什么名字呢？拼命想，却想不起来。他又叫什么名字，那个刚被死神带走的人？

这时门开了。

"你没死啊，很耐饿嘛，真有本事，"干部笑嘻嘻的声音，"怎么样，和那野人在洞底下厮混，还快活吧？"

他用脚踢我，然后龇起嘴，揉着脚尖道："妈的，都是骨头。"

这是张意气风发的脸，鹰钩鼻的线条也柔和了。

"妈的，死了？"他注意到了大西北，走近两步细看，等看清了，猛地往旁边跳开。

"你们这种人，早该死了，"他跑出去，"老余头，把那小子叫来。"

他动作夸张，仿佛身体里一个活泼的自我突然被唤醒了。

他点起一根烟，在屋里踱步，尽量避开大西北躺着的那个角落。

"收尸的人马上就来。"他用烟指指大西北，烟灰落下来，他颠颠脚，把烟灰从锃亮的皮鞋尖上颠掉。

"你是不是很奇怪，为什么岛上变成这个样子？"见我没反应，他有些扫兴，"你大概连说话的力气都没了吧。"

"康船长死了，嘿嘿，说来还得谢谢你们。我早想他死了，就那老余头碍手碍脚。我想要这岛想了好久，都快疯了。这么棒的一个岛，却被那怪物占着，还把你们这些疯子找来。唉，世界就是不公平，有钱人为所欲为，我们这种没钱人，只能低声下气地让人使唤。不过，"他突然面色一变，从沮丧戏剧性地切换到兴高采烈，"现在好了，你瞧，这岛可是我的了。只是略微做些手脚，在纸上改动两三个地方——嘿嘿，我是聪明人呢。说实在的，它早该是我的了。好好开发一下，保证是旅游胜地。或者和电视台合办节目——什么野外生存真人秀，现在很流行的。"

他抖了抖烟灰，把烟放到嘴里狠吸一口。

"现代社会，一个有想法有才能的人，不管在哪里，总会冒出来，这只是时间问题。这是个什么时代？开放、进步、充满机遇，绝不会埋没人才，绝不会，只要足够强大，足够有野心。"他使劲握了握拳头，像在抓紧他盈盈的野心。

"这里，将是一个天堂，"他把我垂下的头硬抬起来，顺手揭掉我身上的衣服，"你不信吗？看着我，"他把衣服在半空中打了两个圈，远远扔出去，"还是做旅游业好，春风吹拂，人心荡漾，人群、滑板、小游艇、遮阳伞、比基尼……现在有钱人多了，我会非常有市场的。"

烟蒂飞出去，落在一个角落里。

"春风吹拂……"他低声呢喃，像在想象红的花、绿的草、黄的地、蓝的水，还有大片大片的天，飘着棉花一样的云。我听见波波在唱歌，吐字清晰："小燕子，穿花衣，年年春天来这里……"他可爱的大脑袋从石墙后面冒出来，他在和我开玩笑，假装躲着不让我看见，但又害怕我真没看见他，于是上上下下地探他的小眼睛。还有美佳、医生、老金、大西北、阿发夫妇，甚至赛太太，他们都在笑，在唱歌，围着我鼓掌。童话屋里洋溢着春天的味道。

"段仔，"我快乐地大喊，"是我呀，你的方姐姐。"

"去你的。"

我仔细看他。他有张阳光的脸，可爱的童花头，一身帅气的新制服。

"你一直想当警察，我就知道，你穿这衣服会很漂亮的。"

段仔不再理我，转身和干部说话。

"您有什么吩咐？"他微微弯下他的腰。

我的心里一下空荡荡起来，段仔说，他当了警察会来看我的。干部在向我奇怪地笑，仿佛我的受挫让他很高兴。

"你不是段仔吗？你是段仔啊。"

"你姐姐叫你呢，"干部突然大笑，"你是先认亲呢，还是先收尸？"

段仔回过头来盯着我的光身子看，他也突然笑起来："看来，她是真的疯了。"

　　他俩越笑越大声，我听到身体里的轻微响动，看见自己离开这副被笑声压得不堪重负的骨骼。它正想缩回假想的衣服里去呢，越缩越小，直到看不见。

初稿于2002年8月30日

二稿于2003年1月18日

《岛上》再版后记

《岛上》是我十九年前的长篇处女作。它离得如此久远，我打开文档，重新修订，仿佛面对一个陌生人的文字。

初稿成于2002年8月。那年我二十四岁，新闻系硕士生，文艺青年兼学术爱好者。发表过一些诗歌，若干散文，两个短篇，却没想过当小说家。当时设定的人生轨迹，是读博，留校，从事学术研究。

《岛上》最早的灵感缘于米歇尔·福柯。我不敢自称，在学术和思想史意义上，对《疯癫与文明》究竟了解多深。但对这本书的喜爱，从另一方面激发了我。我开始构思一群疯子的故事。我用了几个月时间完成它，又花费更漫长的时间修改它。在此过程中，我以为窥见写作的奥秘。它不再是初始时条条框框的概念。它按着叙述的逻辑，发展成一篇真正的小说。其中确有一群疯子，还有一个岛屿，和一名长大成人的女孩。现在回头看，它非常完整，讲究布局技巧，可能是我情节性最强的作品之一了。

完成《岛上》之后，我知道自己喜爱写作，但尚未知道喜爱多深。我按照原先计划，报考博士研究生。出乎意料失败了。学术做不成，也不想做新闻。以我二十多年按部就班的人生阅历，更不敢考虑以写作为职业——这看起来是个多么令人绝望的职业啊。

跟生活一起徘徊六年之后，《岛上》有机会面对读者。出版社是谨慎的，你必须先让人看到。我花了六年时间，让别人看到我，继而看到《岛上》。

与这部作品相比，我后来的写作变化很大。十九年前凭借才气和本能写作的我，若知写小说需要经历漫长的磨砺，浩大的自我训练，会不会被吓退？没有机会想。我感谢那个灵光闪现的黄昏。一枚关于疯子的情节构思，像被什么人随意抛掷到脑中。我懵懵懂懂一脚踩进小说，整个生活因此发生绵延不息的震荡。

今天的我，是个职业写作者了。还好，并非起初想象的那般绝望。我需要做的，只是清晨五点随闹钟声起床，六点坐到写字台前，开始每天三小时的写作。我像是对待一份工作，保持最刻板的作息。仿佛必须如此，才能斟酌最细小的字义差别，掂量最微妙的句式排列，才能对世界和人的内心，保持最强烈的惊奇感。

昨天那个打开空白文档，惶惶然敲下"岛上"二字的我，是无法想象今天的笃定和确信的。我希望在文字里重新找到那个我，对她说：嗨，努力去写，放心去生活。不要忧虑。

图书在版编目 (CIP) 数据

岛上 / 任晓雯著. — 北京：北京十月文艺出版社，
2021.7

ISBN 978-7-5302-2093-1

Ⅰ.①岛… Ⅱ.①任… Ⅲ.①长篇小说—中国—当代
Ⅳ.① I247.5

中国版本图书馆 CIP 数据核字 (2020) 第 224898 号

岛上

DAO SHAHG

任晓雯 著

出　　版　北京出版集团
　　　　　北京十月文艺出版社
地　　址　北京北三环中路 6 号
邮　　编　100120
网　　址　www.bph.com.cn
发　　行　新经典发行有限公司
　　　　　电话（010）68423599
经　　销　新华书店
印　　刷　北京盛通印刷股份有限公司
版　　次　2021 年 7 月第 1 版
　　　　　2021 年 7 月第 1 次印刷
开　　本　850 毫米 ×1168 毫米 1/32
印　　张　9.25
字　　数　200 千字
书　　号　ISBN 978-7-5302-2093-1
定　　价　59.80 元
质量监督电话　010-58572393
如有印装质量问题，由本社负责调换。